TAKASAGO PROJECT

眼球戰車

幻瞳與百目鬼

能圓阿伊人 Noen Aito

能圓財閥的三子，就讀於螢橋學苑二年級Ａ組。雖然他出身名流並自幼接受精英教育，但私下生活處事則相當低調樸素，沒有富家子的傲氣。他喜好3C產品，自覺是路亞流音派。不知為何突然遭受殺人犯攻擊，還被鐵破學姐當作「怪物」追殺。

寺田俊也 Terada shunya

螢橋學苑二年Ａ組學生，與阿伊人同班。寺田建設唯一的繼承人，外貌出眾又擅長打扮，很受少女們的歡迎，然而為人輕浮且花心，更換女友的速度相當快。

鈴原美紗 Suzuhara Misa

螢橋學苑二年Ｃ組的班級委員，長相甜美可愛，是個讓人會產生「真可愛呢」這種印象的女孩。

小栗京子 Oguri Kyoko

螢橋學苑二年Ｂ組的眼鏡女孩。在學校被其他女生霸凌，幸而被阿伊人搭救，後來兩人成為朋友。她喜歡網路歌姬「九里交響」，被阿伊人稱為治癒系的少女。

鐵破瞳 Tatsuyabu Hitomi

螢橋學苑三年級女學生，容姿端麗的她，性格卻嚴肅如冰，令人難以接近。她來自「退魔三家」中的鐵破家，是操縱著風與式神「一目天瞳」的術士，在家族中別名「幻瞳」。

麻野芽 Mano May

擁有金髮綠眼的混血兒外貌，且身材嬌小玲瓏的魔法師，她能夠召喚並使役名為「瑪諾」的眼球狀生物。為了能夠取得免費的「能源」，她一路追蹤著百目鬼來到高砂北都的螢橋區。她總是隨心所欲、不時耍詐的頑皮性格，讓阿伊人相當頭疼。

CONTENTS

序章

視界＝世界

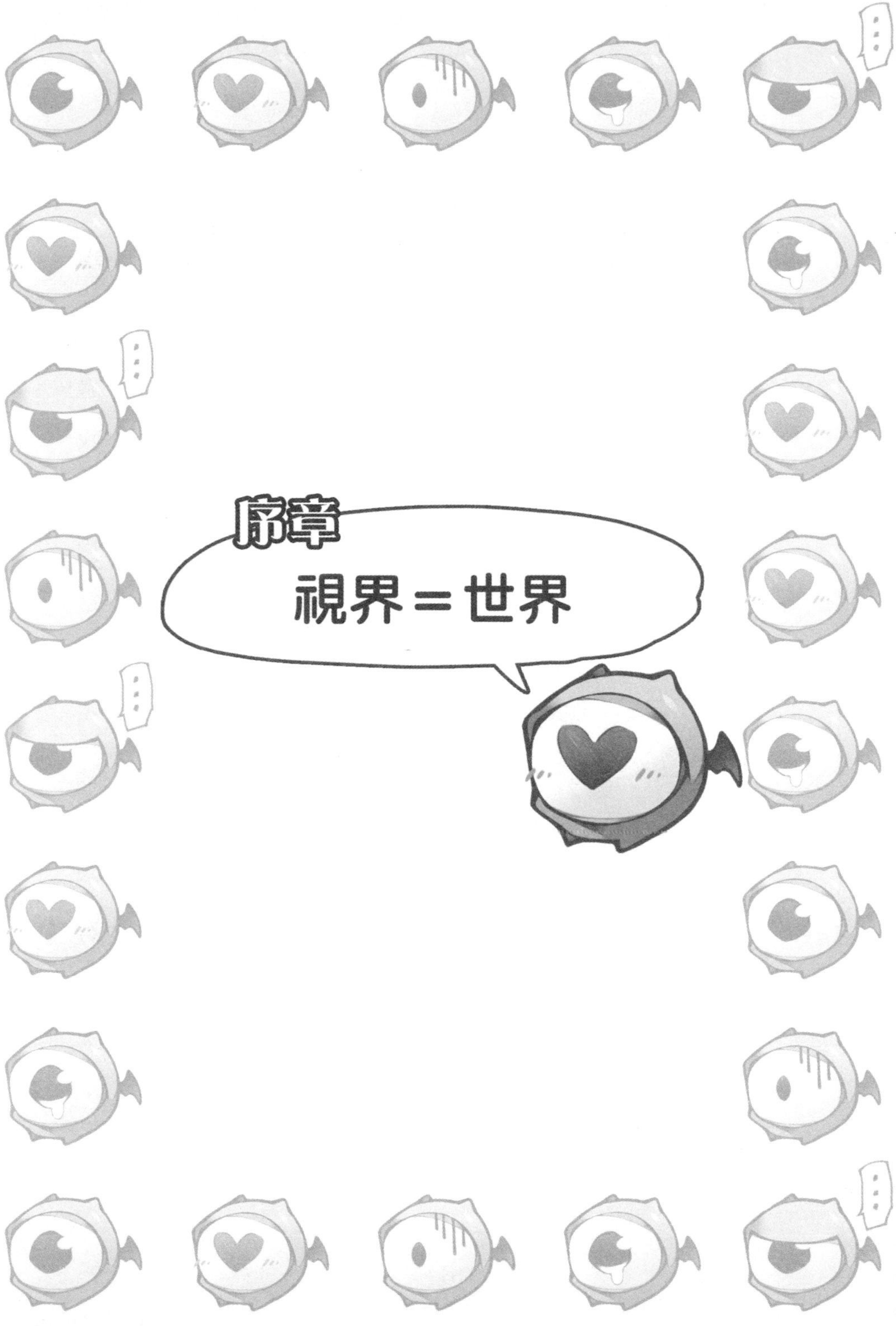

現在冬季已過，我穿著螢橋學苑男生制服的長袖襯衫，卻沒有穿外套。

我在螢橋站上車，坐在電車中的某一節車廂裡，大腿上的平板電腦裡其中一個視窗播映著政論節目的片段，女主播與政治評論家一來一往的聲音就這樣占據了耳機，蓋過了電車的嘈雜聲響。

「自蘭縣失守兩個多月來，北都邊境近日再度發生零星戰鬥。多丸先生，莫非紅巾軍勢準備再掀起一波攻勢？」

「這個嘛……雖說確實是進行了恐怖攻擊，不過很意外的是，軍方卻完全沒有傷亡的消息傳出呢。依我看來，『紅王復活事件』帶來的效應已進入疲乏期了，我認為軍方應立刻對蘭縣展開攻略！咦？平井先生看起來好像不太贊同？」

「就我來看，軍方內部也有許多問題，前總督之死與前鎮壓司令謀反之事、利吉皇子遭撤換，還有剛從本土過來接任總督的彌喜皇子與治奧梧桐司令，這兩人是否能夠儘速進入狀況才是現在最為關鍵的。」

「話說治奧梧桐司令，不僅年輕並且拯救過皇子，而且還是戰爭英雄的養子，最近在年輕女孩中好像挺受歡迎的呢！」

「這個嘛……最近我家的女兒也很迷那傢伙呢，老實說還真讓我傷腦筋——」

完全沒有。

一點實感都沒有。

明明戰爭就在這高砂地方的某處進行著，生活卻像什麼都沒發生過似的一如既往運行中，就連那連續一個多月盤據著短片網站首位的「紅王復活影像」，最近都開始變得乏人問津了。

倚靠著車門聊天的女高中生，用平板電腦瀏覽拍賣網站的ＯＬ，在下車時將看過的報紙留在置物架上的大叔，一切的一切都和昨天以及昨天的昨天沒兩樣，看來現代都市人的喜新厭舊及淘汰熱潮程度，已經進化到連奇蹟都可以置之不理了。

開始感到無聊的我將視窗關掉，接著打開新聞網頁，各版標題就這麼隨著滑動在螢幕上的食指一一在視界中滑過。

【超級駭客『tYraNT』入侵歐里克電子，初估損失破億。】

【北都連續竊盜殺人事件，今晨多添三名死者慘遭殺害。】

【魅上岡雄猝死，獨子宣言繼承娛樂事業版圖。】

【網路歌手『九里交響』發表新曲，『蕗亞流音』不甘示弱？】

哦！？蕗亞流音推出新曲了？

有點興奮的我立即打開影音網站展開搜尋，很快的就發現了。

《runner-up racer》嗎？我立即撥放。

幾秒後，輕快的節奏開始在耳中盤旋。風格是菈亞流音一貫的電子音樂，以甜蜜與倔強並濟的唱腔加上節奏極強的配樂，演繹著少女矛盾的戀愛悸動——此時我開始將注意力轉移到視界中。

ＰＶ裡菈亞流音穿著頗具科幻風又相當可愛的禮服舞動，背景是相當精緻的電腦動畫以及與歌手互動的光影效果，雖然簡單卻吸引人，沒有專業公司的援助竟然能有如此高的完成度，實在是相當厲害啊！於是我一邊讓視覺與聽覺同時被菈亞流音征服，一邊輸入著讚嘆的彈幕留言。

就在這個時候，許多充滿惡意的彈幕留言忽然像海潮般湧過ＰＶ畫面，不過緊隨而來的是更多聲援者的留言。然而，謾罵與貶低的文字卻又在下一秒不甘示弱的一湧而上，像是互相爭奪著視窗上的空間，文字海幾乎要蓋過了整個ＰＶ畫面。

唉……又徹底的吵起來了呢。

我看著已經化為留言戰場的ＰＶ，隨即將彈幕留言的顯示功能關閉，畢竟不這麼做，根本沒辦法好好欣賞嘛！

想當然，那些惡意的彈幕留言絕對是其他網路歌手的粉絲射出的，八九不離十是九里交響派吧？另一頭九里交響的新ＰＶ恐怕也被蕗亞派攻擊了吧！

九里交響，和蕗亞流音同為網路歌手。相對於蕗亞流音的電子樂風，九里交響走的是潔淨脫俗路線的新世紀樂風，時而溫柔、時而宏偉，讓人聯想到潺潺的溪流、高聳的山峰、飄浮的雲朵，彷彿置身自然仙境的感覺……大概是這樣吧。

同樣身為網路歌手，蕗亞流音與九里交響都在初次發表作品就大受歡迎，並且很快的成為當紅網路歌手。而且相當巧合的，這兩人都相當的神秘，如果是不露面的網路歌手就算了，但這兩人都大大方方的拍攝了ＰＶ，卻完全沒有人在現實生活中見過她們，或找到關於她們在現實世界中的任何資訊，這在網路及資訊傳播發達的現代可是相當困難的。

以不同的樂風各自征服大量粉絲，這同樣神秘的兩人很快的在社會上引起話題，於是乎，就發展成現在這樣雙方粉絲終日喋喋不休爭論著的情勢了……順帶一提，我是蕗亞流音派的。

將視界固定在恢復潔淨的ＰＶ畫面，一遍又一遍的，我享受著音樂的脈動。

為什麼心跳，會沒有理由的無法控制？

明明就沒有追逐著你，你卻突然出現在我的面前。

漸漸靜止的這個景象，你是否也看在眼中呢？我希望是如此。

但是，我想要抑制，我那在胸口中的加速劑，即使如此我也無法控制。
這場僅屬於我，沒有煞車的第二名競賽。
如果我超越過你的話，你會不會願意看我一眼呢？
迷惘的我，How should I do?
就在我世界的正中央，點的風景不斷擴張——
加速的話好像就會全部毀滅，但我卻無法停止。
到底該怎麼辦呢？我那在胸口中的加速劑（氮氣）。
心已經完全的失去控制。（It's completely lose control.）
這是場僅屬於我而看不見終點的，第二名競賽——

身體感覺到電車慢慢停了下來，我將視界從平板電腦上移開。等我從座位上起身時才發現，車廂裡已經是空無一人了。

因為在學校擔任班級委員，所以一個月總有幾個週末會拖到這個時候才回家。

現在的時間是週五晚上十點多，雖然不是末班車，但由於這裡是最終站的川端站，而且是位於北都的高級住宅區，會住在這裡的都是富有人家，而這類人通常不坐電車的——

因此除了通勤時間外，會在這裡下車的人不多，空無一人的車廂也不是什麼怪事了。

然而……

我卻忽然有種被人窺視著的感覺。

無視這種想法，我將平板電腦收進提袋，故作自然的走出電車並且離開車站。

◎◆◎◆◎◆◎

和人口密集的都心高級住宅大樓不同，川端區都是獨立式建築的住宅，因此街上幾乎沒有商店，就連馬路上也只有三三兩兩的名車及計程車通過，作為想要享受寧靜生活空間的人來說，這裡的確是個好地方。

例如我。

這麼說或許有些自以為是，不過我就是人們口中的「富有人家」。

在歷史課本上記載的那次大戰之後，由於國內需求增加，由我祖父一手建立的、致力於公共設施營造的產業「能圓財閥」一躍成為業界龍頭，現在則是由我父親經營。

而我，順應父親在殖民地擴張版圖的經營策略，自願來到這個高砂地方協助拓展事業並且試著獨當一面，因此現在過著獨居生活。

不過嘛……雖然不是相當排斥，但是我並不想因為家族背景就變得和一般的高中生有什麼不同，因此我才像一般高中生搭電車通勤，家中也沒有一般家庭不會有的管家或傭人……啊、說了這麼多次一般的我果然還是有點自以為是吧。

我一邊在心中苛責自己的自以為是，一邊踏進位於住宅區中央的公園，穿過了這座公園後見到的第一棟住宅就是我住的地方了。

這座公園還算遼闊，緊鄰著河畔建造，公園中種滿了許多樹及花卉，在假日的時候這裡會成為許多周圍住戶休憩、釣魚的場所，不過絕對不是現在，因為這裡現在除了我以外空無一人……是嗎？

就在我產生疑問的這一瞬間，那種莫名的窺視感再度從我背後襲來！然後隨著突然出現的腳步聲越來越近、越來越近！

「找到了……」

某個低沉的嗓音如此說著，這使我本能的回過頭，然後看見了離我約十步左右的那個身影。

「找到了……」

男人戴著毛帽，露在帽子外的凌亂長髮及肩，明明不是冬天，卻穿著一襲邋遢殘舊又厚重的黑色大衣。鬍渣雜亂的布滿在他那張咧開而笑的嘴巴周圍，下垂的雙眼帶著沉重的黑眼圈，瞳孔看起來就像是沒有靈魂一樣的無神。

就像要讓人窒息，給人某種不快的氛圍。

「找到了……！」

接著，那男人就像是找到了渴求已久的目標般，重複著同樣的詞彙，張開雙手加快步伐向我奔來！

「……！」

我來不及去思索那個男人究竟是誰，迴避危險的本能促使我大步邁開腳步，拚命逃離他的追趕，試圖維持甚至是拉開兩人之間的距離。

這個男人究竟想做什麼？

我一邊努力的邁開步伐，一邊思索著身後那個追逐著我的男人究竟有何目的。

搶劫嗎？既然如此，把身上的財物都交給他就是了。

或者……是綁架？不對，雖然說過去曾有過差點被綁架的情況，但那男人手上可是連把像樣的武器都沒拿……

或者只是個單純的瘋子、精神失常的流浪漢、毒品依賴者之類的？

又或者……

我胡亂的思考各種可能，在心中不斷評估著那個男人是否會為我帶來危險。

不過，那男人帶給我的不快氣氛卻讓我始終無法停下腳步，甚至沒有時間去問他到底想做什麼。

「呼、呼——」

我努力持續著停止呼吸的狂奔將近十秒，然而卻只能盡可能的保持距離，與此同時，疲勞感也漸漸的湧了上來。

此時，眼前有三個選擇映入我的視界。

一是逃到左側的河畔，看是否能幸運的碰上釣客並向其求援，不過這個選擇的風險實在太高了。

二是一路繼續往前狂奔，直接跨越公園向周圍住戶求救或回到家裡，不過以我和他的體能差距，恐怕沒辦法撐到那個時候。

三是逃進右側的造景樹叢後，藉由樹叢後茂密種植的樹林來和他周旋一會，趁這段時間想辦法甩開他——就是這個了！

下一秒，我側身向右，一邊猛然的闖進樹林之中，一邊訂下了甩開他的策略。

枝芽和樹葉嘩啦嘩啦的掠過我的身體，制服恐怕被樹叢劃出幾條裂痕了吧。緊接著，茂密栽植著的樹木一株株映入視界。很好，這裡果然相當茂密。

我很快的從口袋中拿出手機，並且隨便扔在一棵樹後方，然後用最快的速度移動到稍微有段距離的、另一棵樹的後方確實蹲下。

正當我剛躲到樹後，並且不發出聲音的拚命換氣之時，那個男人也正好跨進了樹林。

輕輕的從提袋裡拿出平板電腦，我小心翼翼的避免自己發出聲音，接著迅速的打開平板電腦與手機之間的雙向遠端操作程式。

下個瞬間，被扔在樹後的手機開始響起了《runner-up racer》的旋律。

照常理推斷，在這一片昏暗的樹林中，那個男人肯定會毫不猶豫的衝向發出聲音的手機。讓他搞不清楚我所在的方位後，我就能藉著這個空檔利用音樂覆蓋移動時發出的聲響，從這座樹林的某個方向離開。

如果爭取到的時間不夠充裕，我還能利用平板電腦以同樣的方式爭取更多我逃離所需要的時間。

不到一秒的時間內我就確信了這是一個完美的脫逃計畫，沒錯，絕對行得通的……

絕對行得通……嗎？

「找、到、了——」

「……！」

怎麼可能……他竟然在不到一秒的時間內發現我躲藏的正確位置！

仰角的視界中，男人那張帶著詭異笑顏的臉孔就這麼俯視著我。

我的詫異還來不及到終點，那雙厚實骯髒的手掌就驟然闖進我的視界——

然而，那男人的手掌卻只是輕輕的貼上我的雙肩。

雖然就只是這樣而已——

像是沾上了墨汁、被黑色侵襲蔓延的白紙。

某種沉重又令人暈眩的壓迫感卻透過那雙手爬滿了我的全身！

就在這個當下，我看見了那男人身上浮現的「某些改變」——

原本空洞無神的雙眼，此刻漸漸的恢復了光澤；原本給人瘋癲感覺、像是行屍走肉一般的男人，此刻像是漸漸的恢復了神智。

男人慢慢的移開放在我雙肩上的手掌。

看著自己的手掌，他的表情看起來有些疑惑、有些無助。

「去哪了——去哪了？到底去哪了！」

然後，無助慢慢變成了憤怒。

「沒有了可不行！去哪了？畜牲——到底去哪了！」

男人先是歇斯底里的抱頭嘶吼，緊接著像是出氣般的狠狠地揍了樹幹一拳。

最後，他發現了我。

「就是你吧……」

男人的怒氣就像要透過雙眼溢出，他那布滿黑眼圈的雙眼緊盯著我。

接著，他慢慢從黑色大衣中抽出某種東西，某種又尖銳又鋒利、在昏暗的樹林中依舊透過稀薄月色耀著銀光的東西。

「就是你吧！」

那男人雙手反握匕首，迅疾向我刺來！

還來不及思索男人身上發生的變化，那抹銀光已經鑽進我的視界。

絕對來不及躲開的——

「喀啦。喀啦喀啦。」

什麼東西破裂的聲音，還有金屬和金屬碰撞的聲音。

雖然當下沒有這麼做的打算，但我卻下意識的將手上的平板電腦拿來抵擋那把匕首。而現在，匕首正確確實實的貫穿了平板電腦，並卡在其中。

不過，危機並沒有解除。

「混帳！」迅速的放棄將匕首拔出來，那男人強大的臂力將匕首連同平板電腦一起遠遠甩開。

緊接著，他那結實的雙手掐上了我的喉頭！

我使盡力氣的掙扎，然而卻連將他的手扳開一公分都辦不到。

這傢伙是真的想殺死我。

為了什麼？

為了錢？為了復仇？單純的殺人愛好者？人格分裂者？還是因為吸食毒品產生的神智不清？

漸漸的，我無法思考了。

無法呼吸……血液中的含氧量急遽的下降……思考力變得遲緩……喉嚨傳來的疼痛感彷彿頸骨要碎了般……

我，就要死了吧？

「啪。」

一股帶著溫熱感覺的液體灑在我臉上。

然後，我的視界變成紅色的。

那雙緊掐著喉頭的手卻鬆了。

「唔！」

我看見了——

看見那個男人因為劇痛而產生的扭曲表情，臉上到處被濺得血跡斑斑。

我看見了——

看見那個男人掐住我的雙臂不知被什麼貫穿，血像巧克力噴泉般的不斷湧出來。

下一瞬，某種貫穿他雙臂的管狀物將他緊縛，某股不知名的力量驅使管狀物將他向後拖行！

然後很快的穿過了樹叢，最後他的身影消失在這片昏暗的樹林中。

到底，怎麼回事？

我一邊重新恢復呼吸，一邊拖著因為疲憊而變得沉重的步伐走出樹林。

難聞的血腥味隨著空氣進入鼻腔讓我反胃，我嘩啦一聲將晚餐的咖哩嘔了滿地。

也許是因為精疲力盡了，也許是因為瀕死的感覺讓我全身虛脫，又或者是我實在無法忍受血的味道，無比沉重的暈眩感壓上了我全身，讓我的意識變得朦朧。

然而，我無論如何也想看清楚到底發生了什麼。

盡力的維持著意識，勉強的促使腳步向前邁進。

然後，我看著眼前那座公園的石磚地面……

紅色的軌跡。

那男人被拖行的血痕，斷斷續續在石磚地面上留下了約十幾公尺的軌跡。

軌跡的終點是公園河畔那座某個傳教士的紀念銅像前。

但是，鮮紅軌跡的終點卻有著色彩——令人迷幻的青藍色。

掙扎、嚎叫、嘶吼……

火焰。熊熊燃燒的青色火焰正灼燒著男人！

被某種管狀物貫穿了雙臂，並且懸掛在銅像上，此刻的男人就像是殉道的聖人一般。

然而，我的視界卻沒有在置身火焰中的男人身上停留。

燃燒的青焰讓周遭的光影竄流、變化。這使眼皮越來越沉重的我注意到了，佇立在銅像上的某個存在。

存在於我視界裡的第二個人。

「……」

闖進我五分之五的視界＝世界。

在月光灑落下，顯得耀眼的金髮。

闖進我五分之四的視界＝世界。

彷彿寶石般、那對祖母綠的瞳孔。

闖進我五分之三的視界＝世界。

少女的臉龐，雙頰玫瑰色的紅暈。
闖進我五分之二的視界＝世界。
在火光投射下，讓人迷惘的微笑。
闖進我五分之一的視界＝世界。
連接著管狀物，凌空飄浮的球體。
闖進我五分之零的視界＝世界。
眼皮下的視界，即將昏睡的漆黑。

但那到底是什麼？

……眼球？

第一章
不安寧的一週間

穿著全新的制服，我穿過了與往常一般擁擠的人潮走出螢橋車站。

抬頭看著晴朗的天空，陽光輕輕地灑在我的臉上，也灑在街道上的人來人往與四周林立的大廈上。

這裡是北都，殖民地高砂地方的首都，位於高砂地方北部的高度現代化城市。

而我現在身處的螢橋區則是位於北都的都心附近，因此在早晨的通勤時間，馬路和街道上看來有些擁擠。

上班族、學生，與我擦身而過的每個人都急急忙忙的，似乎想在星期一就好好準備迎接新的一週。當然，我也一樣。

我一邊走在往學校方向的街道上，一邊看似對新的一天滿懷期待、裝模作樣的整理著自己的儀容。然而，就在整理衣領時，頸部卻傳來了陣陣的疼痛。

我一邊輕撫著頸上的瘀傷，一邊想起兩天前遇到的事件，以及關於那個對我造成瘀傷的男人的事。

簡單來說，在兩天前——也就是上週五，我在回家的路上，在住處附近的公園遭到某個詭異的男人襲擊。

雖然過程中一度就要喪命了，但最後卻因為某些「不可思議」的事情發生而活下來。

然而，關於那些「不可思議」，其實就連當事者的我到現在也搞不清楚是怎麼回事，畢竟那時候我正處於半昏迷狀態，無論是判斷力、思考能力或者是記憶力都不可靠。

總之，活下來的我在不久後被警察搖醒了，似乎是附近民眾聽到那男人發出的吵鬧聲而報了警。

至於那個襲擊我的男人，就昏睡在離我不遠處的銅像旁。和我記憶中相同的是，警察的確在那男人的雙臂上發現了穿刺傷；不過，和我記憶中不同的是那男人居然還活著，而且身軀及衣物甚至連半點燒傷的痕跡沒有。

這讓我對自己在昏迷前所見到的景象產生懷疑，懷疑那是我親眼所見抑或是從混亂的大腦中誕生的幻想……

最後的結果就是，我原本美好的假日都在進出警視廳和做筆錄中度過。

然而，這對釐清那晚所發生的事卻是徒勞的。雖然那個男人的眼神並不像是我剛開始遇見他時那樣的空洞無神，不過他在醒來後就一直處於一種精神異常的狀態，根本無法從連話都說不好的他口中得到動機、目的等等的訊息。

為了避免和那男人一樣被當作精神病患，因此我在描述案情時只說了「和現實相符的部分」，還將自己的昏迷時間稍稍提早了些。

即便那些筆錄對解開我的疑惑一點幫助都沒有，但對於警方來說卻是在某方面有了大幅度的進展——在採集了那男人的指紋以及衣物上的纖維進行比對後，警方發現那男人正是先前奪走了十餘條人命、犯下一連串竊盜殺人案的凶手。

也就是說，那晚我遇上了警方遲遲無法逮捕的連續殺人犯，而那個殺人犯在一開始卻沒有殺我或搶奪財物的打算，畢竟他可以在一開始就亮出那把匕首的……

我一邊走在通往學校、充滿高中生的步道上，一邊讓問號塞滿腦袋。

那男人找上我的目的到底是什麼？那男人在抓到我的瞬間起了什麼變化？究竟是什麼在我就要被他殺死的那個時候阻止了他？出現在我視界中的那場青色之焰是？那個少女是？還有那個……

直到一瓣櫻花從我鼻尖前飄落，思考才停了下來，我抬頭讓那在初春綻放的鮮豔色彩進入我的視界。

那是栽種在校門兩側的櫻花樹，這代表陷入漫長思考的我不知不覺已經到學校了。

「呦——阿伊人。」

此時，某個熟悉的聲音爽朗的叫喚著我，於是我將視界移了過去。

聲音的主人從黑色的高級車下車後，司機隨即替他關上了車門。

對方穿著和我一樣的男高中生制服，有些長度的頭髮像是經過精心的設計，左耳還戴著高級的銀飾；雖然是和我年齡相仿的高二生，但是有著相當身高的他看起來就像模特兒一樣。

「早安啊，俊也。」

他是和我在同一個班級的寺田俊也，寺田建設的獨生子也是唯一的繼承人。

由於雙方家族在事業上常有合作，所以我們算是認識相當久了。他住在殖民地的目的和我一樣，是為了協助家族事業在殖民地拓展版圖的計畫。

「你前幾天可真是碰上了麻煩事呢，還好吧？」俊也來到我面前，輕拍著我的肩膀像是要安慰我般。

「沒什麼大礙啦！話說校門外又聚集了不少人呢。」我一邊帶著笑容，一邊傷腦筋的回頭望向在校門外聚集的鄰近的他校女高中生。

「啊——好像是呢。」俊也苦笑著對我說道，接著像是相當熟練的回頭向女高中生們眨了一下眼，這讓她們瞬間陶醉了起來。

雖然和我一樣是大家口中的「大少爺」，但相較於樸素的我，俊也的外貌出眾又擅長打扮，自然相當受女孩子歡迎，說起來還真是有點羨慕呢。

「一起進教室吧，阿伊人？」稀鬆平常的打發了女高中生後，俊也如此說著。

「我還得先去趟辦公室呢，畢竟我是班級委員嘛，待會見吧！」

「是是是！『熱心助人』的阿伊人——」使著像是調侃我的語氣，俊也輕鬆的向先行離去的我揮著手。

◎◆◎◆◎◆◎

「還發生了這樣的事情啊，感覺好可怕呢。」

我身旁的少女在聽完我所經歷的事件後，微微的皺了皺眉頭。

而我一邊捧著課堂用的講義，一邊對她擺出了無奈的笑臉。此時的我正在煩惱今天究竟還得對多少人解釋那件事的經過呢？只能說，同儕之間的消息傳播速度實在快得讓人傷腦筋。

和我一樣捧著講義，並肩走在校舍走廊的少女是C組的鈴原美紗，將頭髮塞在耳後的她算是個讓人會產生「真可愛呢」這種印象的女孩子。由於同樣是班級委員，所以時常有像這樣的交談機會，也因此還算熟識。

「對了，能圓同學知道教數學的敷木老師吧？」

「就是總說著『端正品行』、讓人感覺有點嚴肅的那位吧？」

「沒錯沒錯，上星期那個『Lover』入侵了敷木的部落格，而且還把他私下低級喜好的照片全部公布出來了呢！能圓同學看過那些照片了嗎？」一邊搖晃著手機，鈴原用有些調皮的笑容對我說著最近的八卦。

「沒有呢，不過還真是可怕，之前也有好幾個學生的網站或電腦被『Lover』入侵並散播資料了吧？」

「是啊！尤其是上個月文學社的津船那次，和男友的私藏照片全被公開了，模範生形象毀於一旦呢！」

我與鈴原閒聊內容中的「Lover」，指的是在螢橋一帶的學生中小有名氣的駭客，附近幾所學校都有師生被入侵個人網路或電腦竊取私密資料，並惡意將私密內容散播在校方網路或公開留言板的案例，而「Lover」就是他犯案時所使用的ＩＤ。

一邊進行再正常不過的閒聊，我與鈴原一邊穿越上課鐘即將響起的走廊。

這個時候，視界前方佇立著幾個身影以及我不太喜歡的景象。

「我說妳這傢伙連走路都不會嗎？」

「妳倒是說說話啊！撞到了人居然還敢擺出這副可憐的樣子。」

那是幾個臉上帶妝並且違反制服規定的女學生，她們正圍著靠在牆邊的某個少女，一來一往的指責著。

「對不起……」一邊用幾乎聽不見的細語道歉、一邊萎縮在牆邊的是個紮著馬尾戴著眼鏡看起來相當樸素的少女，有些長的瀏海稍稍覆上了鏡框邊緣。

「妳是瞧不起我們嗎？喂！」

此時，某個女生推了她一把，看起來相當柔弱的她就這麼被推倒在地。

「連道歉都不會嗎？給我趴在地上好好的道歉！」

強勢的女生此時伸出了手，像是想將她的上半身按倒在地。

「這麼做不太好吧？」就在這時，我站到了她們中間。

被我擋住了目標，對方有些不甘心的將手收回。

「能圓同學，是這個冒失鬼先撞到我們的！」一旁的其他女生則這樣說著。

「這樣啊，我想想……那麼請風紀委員來如何呢？畢竟處理糾紛和取締違規的制服本來就是他們的職責嘛。」我帶著微笑如此說著。

沒多久，她們便帶著滿臉的無奈離去了。

「沒事吧？」趕走了她們後，單手捧著講義的我將另一隻手伸向跪倒在地的少女。

「……」

然而，少女卻連頭都沒抬起來，就只是這樣靜靜的顫抖了幾秒，在起身後甚至連一句話都沒說就往走廊的另一個方向奔去。

「我哪裡……做錯了嗎？」臉上帶著疑惑，我看著少女的背影。

此時鈴原來到了我身旁，輕拍著我的肩膀，像是催促著我就要上課了。

「能圓同學真了不起呢。」

「咦？」

「雖然是財閥的大少爺，卻那麼謙虛，不僅成績好又熱心助人，實在很了不起哦！」

「我才沒有妳說的那麼了不起。」

「就像剛才那樣，能圓同學總是能既圓滑又不令人討厭的處理事情，說起來，學校裡的大家都很喜歡能圓同學呢！」

「妳這麼說會讓我很難為情的……」

一邊說著、一邊移動腳步，我們來到了我所在的A組教室前，透過窗戶可以看見坐在另一側窗口、在我座位後面的寺田，正向我打招呼。

「那麼就再見嘍，能圓同學。」帶著微笑，鈴原在我走進教室前向我道別。

不知道為什麼，那瞬間她的雙頰竟有一絲泛紅——應該是因為我？

……想太多了。

◎◆◎◆◎◆◎

在學校的日常生活很快的又要結束了，一邊整理著提袋，我一邊將視界轉向窗外。

漸漸向西運行的陽光，像是要沒入教室窗外那片城市景色中、由高度參差的大樓所構成的稜線下。

「要順道坐我的車回去嗎，阿伊人？」輕拍著我的肩，站起身的俊也在我身後說著。

「我坐電車就行了，而且我還有點事。」

「發生了那樣的事，你還敢繼續坐電車啊？是說有事……難道是約會！」一邊說著，俊也的語氣帶著作弄我的笑意。

「不是啦，只是得去買點東西而已。」

「說起來，我還不清楚阿伊人喜歡的女生類型呢。」

「類型嘛……我也不是很清楚耶，那俊也呢？」

「我最近喜歡的類型啊——」

我看著因為我的提問而思考著的俊也，一邊回想著他過去歷任的女友風格。

像是關係企業的千金小姐、知名雜誌的女模特兒、年輕的企業主管、高人氣的偶像歌手、高學歷的選美皇后、政治家的千金、優雅的小提琴家……只能說俊也的喜好不斷的在改變呢！

「哦——來了來了，像是那樣的！」像是發現了什麼般，忽然有些興奮的俊也指著窗外，在指尖彼端的是佇立在校門前的某個少女身影。

她就靜靜的站在櫻花樹旁，不時飄落的鮮豔花瓣襯出了她皮膚那白皙的色澤。她把女生制服穿得端正整齊，向左梳開的瀏海用髮夾固定在臉頰左側的頭髮上，那張相當精緻的臉孔絲毫不帶一點笑容，簡單來說就是所謂的「冰山美人」吧？

那位少女是三年級的鐵破瞳，她的家族似乎是在日之本及高砂地方都擁有許多土地的大地主。

「感覺是很難接近的類型呢。」

「很棒對吧？追求這種女生雖然過程艱辛，但在成功時獲得的成就感也是加倍的！」

「這樣啊……好像稍微能夠理解。」

我一邊看著窗外的鐵破學姐，一邊在心裡想著這種類型的女孩果然是俊也才能挑戰的級別呢。

不過，說到喜歡的類型，如果真要我選的話，大概是蕗亞流音那種吧？或者是……

那個晚上出現在我視界中的少女——如果她真的存在的話。

「對了，明天的招待晚宴你沒忘吧？」

忽然，俊也的提醒一把將我從腦海中的那位少女面前抽離。

「記得哦，是在東螢橋的美術館沒錯吧？」

「是的。那麼我就不打擾你之後的約會行程啦，明天見！」一如既往的調侃我，俊也爽朗的向我道別後離開了教室。

「我就說沒有了嘛！真傷腦筋。」

◎◆◎◆◎◆◎

現在的時間是晚間七點左右，我正站在車水馬龍的商業區中，就在某間電子產品店鋪的櫥窗前。

在我身後的街道上，那些與我不斷錯身而過的擁擠人群就像在催促我快點做出決定。

「該選哪個好呢……」盯著櫥窗裡各種廠牌型號的平板電腦，我一邊摸著下巴，一邊思索。

由於我的平板電腦在幾天前的事件中壞了，所以現在我勢必得添購一臺新的——說起來，也許我對電子產品的喜愛還勝過女孩子，因為我現在正遲遲無法決定自己喜歡的類型，究竟該從功能性著手還是外觀著手呢？該試試新的系統還是選擇熟悉的系統呢？真讓人猶豫啊。

「這個。」

此時，某隻纖細的手臂闖進我的視界。那微微伸出的指尖透過櫥窗指著裡面的某臺平板電腦。

我將視界沿著手臂、往手臂的主人方向移動，最後看見的是一張不算陌生的臉孔。

如果我沒看錯的話，那是早上在走廊遇見的那個眼鏡少女。

「在同樣尺寸的機型中最輕、但運算速度卻是最快的，攝像解析度也是目前市面上最高……能與大多數的系統相容，並配附了可以拆卸的旋轉式鍵盤以及微型第二介面……缺點是耗電量高及外殼的堅固程度……」她用幾乎要被鬧區嘈雜聲蓋過的音量細碎說著。

看來她對於電子產品的熱衷程度不亞於我呢！

輕輕的說完了建議後，她將頭轉向我，鏡片後的那雙眼睛與我對視兩秒後，很快的又低下頭去。

「早上……謝謝你。」低著頭輕聲道謝，她似乎在發抖。

「雖然是晚了點，不過妳的感謝我就收下嘍！但是——」

「……？」

「一般來說，向別人道謝前得先報上自己的名字吧？」看著她的樣子，不知道為什麼我總想說些話逗弄一下。

「……」像是在調整呼吸，她發抖的身子輕輕起伏著。

該怎麼說呢？這個少女給人的感覺就像小動物一樣。

「我、我是B組的……小栗京子，今天早上……謝謝你。」一邊說著自己的名字又道謝了一次，小栗一邊慢慢的抬起那張漲紅了的臉。

「我是A組的能圓阿伊人，請多多指教，小栗同學。」

自報姓名後我向她伸出了手，而她也緩緩的將纖細的手臂伸了出來。透過她稍微有些濕熱的手掌，我能清楚的感覺到從她身體傳來的顫抖，果然是個非常害羞的女孩子呢。

聽從了小栗同學的建議，我提著新買的平板電腦走出店鋪。

在經過簡短的問候後，知道小栗同學似乎就住在位於西螢橋的學校附近。

因此，同樣必須到西螢橋的車站搭電車的我，現在正和她並肩走在鬧區街道的人群中。不過，由於小栗同學相當害羞的原因，一路上她始終是低著頭，因此我們並沒有太多對話。

一如既往的街道，大樓上的大型電子螢幕一如既往的播放著電影預告，未完成的摩天大樓一如既往的持續施工，街邊一如既往的有著在街頭才看得見的表演，汽車一如既往不耐煩的等著綠燈亮起，人們一如既往的活在匆忙的每個日常中。

就在走了一段路後，某個景色映入我與小栗同學的視線中。

那是一座只能供人行走，兩側圍欄鑲嵌著精緻的燈飾，存在於大城市中似乎有些難得的小橋。

這個位於北都的螢橋區，在地理上被一條不算寬闊的小溪貫穿而分為東西兩側。我剛剛挑選電腦所在的商業區位於東螢橋，而學校及電車車站則位於西螢橋。

在我們眼前的這座小橋就是所謂的「螢橋」，據說幾十年前的這裡，每到夏秋之際就能看見許多螢火蟲飛舞，因此得名。當然，在高度現代化的現在，螢火蟲們早已被那些燈飾取代了。

總之，這裡不僅連接了螢橋的東西兩側，同時也是螢橋的地名由來。不過事實上，這並不是來往東西螢橋的唯一通道，而橋下的那條小溪在他處也早已被馬路掩蓋、化作下水道系統的一部分了。

我與小栗走上小橋，踏著用色彩斑斕的磁磚裝飾的橋面地板。此時，我稍微將頭側向一旁，隨著橋下的小溪讓視界延伸直到不可視的彼端。

不僅橋上有著燈飾，那條小溪的兩側也同樣裝飾著在夜晚更顯得耀眼的、各種顏色的路燈。因此，各種光影就這麼打在小溪的水面上，彷彿畫布般將小溪渲染得相當美麗。

雖然這對在螢橋上學的我與小栗同學來說，應該是司空見慣的場景，不過或許是因為兩天前的事件和那些令人在意的謎團吧，如今看著這樣美景的我，彷彿被稍微從那些煩惱中暫時抽離了，總有種內心被治癒的感覺。

「不介意在這裡停一會吧？」於是我停下了腳步，如此向小栗同學說道。

「嗯……」輕輕的點頭回答，小栗還是一樣那麼輕聲細語。

輕鬆的靠在橋邊的圍欄，我將視界稍稍停留在那條色彩斑爛的小溪上，深深的吸了口氣又緩緩的吐出來，就像要將腦袋裡那些煩雜的思緒一掃而空一樣。

而在我右側的小栗同學則是默默的從提袋中拿出平板電腦，那是相當符合她形象的、小巧的型號。接著她戴上了一邊的耳機，纖細的手指滑動著螢幕，似乎正播放著什麼。

「哦——原來小栗同學是九里交響派啊！」

看著她螢幕上播放的畫面，似乎是九里交響的新ＰＶ。

「……」好像有些害臊的轉頭看了我幾秒，不久後她又將頭轉向螢幕上。

「原來如此，的確是小栗同學會喜歡的類型呢。」

「要……一起聽嗎？」雖然她的視線仍然朝著螢幕，但左手卻拿起了沒戴上的另一端耳機，像是要遞給我一般。

「嗯，好啊！」這種需要治癒心靈的時刻果然適合聽九里交響呢，不過這可不代表我背叛了璐亞流音哦！絕對沒有！

正當我轉向小栗同學、準備接過耳機之際，卻在視界的邊緣發現了什麼——

「……！」

我的視界穿過了小橋，直達位在另一端的西螢橋——車輛不斷在雙向車道交錯的馬路彼端、十字路口旁的某個郵筒附近、拿著傳單在路邊招攬客人的打工仔身後、那間知名漢堡店招牌下的小巷前——雖然因為有段距離所以看的不是很清楚，不過確實是她沒錯……

是她的身影，是那個晚上出現在我視界中的少女！

「抱歉了小栗同學！」完全沒有考慮該怎麼做，我直覺的挺起靠在牆邊圍欄的身體，就這麼丟下小栗同學一個人跑了出去。

大大的跨著步伐穿梭過橋上的人群，此時來到橋頭、站在馬路一側的我，緊盯著視界中那個變得更清晰的身影。

是她！是那個少女沒錯！而她的表情就像——

就像是……就像在對我微笑？

我能感到自己的手心不斷的冒出汗來，心跳和呼吸都變得急促了起來。

找到她就行了，只要找到她就行了。

那晚發生的事、無法解釋的事、那些令我在意的事全部都能得到答案！然而——

一輛載滿貨物的貨櫃車忽然從我眼前的馬路上急速駛過，不僅遮蔽了我的視界，也帶走了少女的身影。

在下一個瞬間，原本佇立在那裡的少女已經不見蹤影了。

匆匆忙忙閃躲著車輛穿越馬路的我，就像是無頭蒼蠅般的鑽進小巷中，四處在視界中搜尋少女的身影，但是卻始終一無所獲。

我不死心的追問著四周街區的行人及發傳單的打工仔，卻總是得到令人失望的消息。

「……」我一邊擦去額頭上冒出的汗珠，一邊調整著呼吸。

到最後只能放棄的我、感到有些不甘心的我緊緊握起拳，然後低著頭有些失魂落魄的靠在街邊的那根電線桿上。

此刻，我不得不去懷疑自己，懷疑自己視界中的那個少女究竟是真實存在的……或是自己腦內憑空虛構的幻覺？

消失了……

那傢伙又從我的視界中消失了。

◎◆◎◆◎◆◎

「你還好嗎？能圓同學？」

「沒什麼要緊的，只是剛剛稍微有點暈而已，是早晨例行性的貧血啦。」

看著略帶擔憂神情的鈴原，我一面微笑著，一面輕輕扶著額頭向鈴原敷衍過去。

「要好好保重身體呦，能圓同學。」

「是、是——」

又是一天的早晨，我一如既往的與鈴原捧著講義走在校舍走廊。初春的柔和陽光與涼風透過走廊的窗戶輕打在我臉上，然而我卻沒有感受到應有的舒適感。

不知道為什麼，今天早上一醒來我的身體就不太舒服，雖然沒有任何感冒徵兆，但就是說不上來哪裡怪怪的，或許是因為昨晚太晚睡了吧？不過還是得找個時間做一次身體檢查才比較妥當，畢竟健康是相當重要的嘛。

「嗯——今天的天氣真好呢。」

走在我的身旁，鈴原塞在耳後的頭髮稍稍被風吹起。和身體不太舒服的我不同，她臉上看來像是灑滿了微笑，怎麼說呢……用幸福洋溢來形容應該算恰當吧？

「碰上了什麼好事情嗎？」於是我如此詢問鈴原。

這麼說來，今天似乎是情人節呢……是期待著跟男朋友約會嗎？不過鈴原有男朋友嗎？似乎從沒聽鈴原說過男朋友的事呢，但像她這樣的可愛女生就算有男朋友也是相當正常的吧。

鈴原沒有回答，只是故作神秘的予以我一個幸福的微笑。

「對了，能圓同學，我最近是不是稍微變胖了呢？」

過了幾秒後，鈴原卻突然停下腳步這麼問我，一邊說著還一邊轉著身體不斷打量自己的她，臉上是既幸福又有些擔憂的複雜神情。

嗯……約會前夕開始擔心起自己的身材嗎？這麼看來果然是有男朋友了吧。

「一點都沒有哦！所以今晚請放心的去約會吧。」於是我如此調侃她。

「真是的、真是的！這種問題問總是說好話的能圓同學一點都不準嘛！」邊嘆著氣，鈴原有些無奈的說著。

是說原來我給人常說好話的印象嗎？我覺得我相當誠實啊！

「第一堂課快開始了呢，那麼就再見嘍，能圓同學。」

帶著微笑在教室門口向我道別，鈴原踏著雀躍的腳步離我而去。

結束了與鈴原如往常般的閒聊，我在上課鐘響起前走進教室。在我回到自己座位之前，首先注意到的是在我座位後面的、空無一人的俊也的座位。

俊也今天好像沒來上課呢，應該是在忙著今晚招待晚宴的籌備吧？

說起來還真有些慚愧，今晚是由能圓財閥與寺田建設以及另外幾個企業合辦的廠商招待晚宴，同樣身為家族在高砂的代表人，我卻將籌備工作都交給了俊也，雖說俊也本來就相當擅長這方面的事，但也真是辛苦他了。

在第一堂課開始前的空檔，我從提袋中取出了平板電腦，打算隨便在網上逛逛消耗這段閒暇。

隨著手指在螢幕上滑動，我很快就進入了螢橋學苑的區域網路。

【就在你我身邊的墮落的女高中生】

才進到首頁就看見了斗大的標題，那是Lover 的傑作呢。

於是我隨意的用手指滑動螢幕中的文字及圖像，讓它們一一在我的視界中飛掠。

裡面的內容大概是敘述幾個女高中生在私底下從事援助交際，裡頭的資訊不僅有女學生們本人的記帳資料、日記內容，甚至還有清晰拍下她們不雅行為的照片……照片的部分應該是從客戶方盜取來的吧？會要求在交易過程中留下紀念的客人還是有的嘛。

由於下意識的盡量不讓那些不堪的照片進入我的視界，所以一直沒發現，就在幾秒後我才察覺到那些照片上的女學生似乎有些面熟……

啊啊，是昨天在走廊上欺負小栗同學的那幾個嘛！該怎麼說呢？似乎不感到意外呢。

說起來，昨天晚上的事得找個機會好好向小栗同學道個歉呢。

一邊想起了昨晚突然從小栗同學身邊跑走的事，我的腦海中又無法控制的出現了那個少女的姿態。

還有那張稍縱即逝的面容。

時間來到被陽光荼毒的中午，雖然只是初春，現在的我卻感到周遭的空氣有些悶熱。

結束了實在有點枯燥的課堂後，我像是尋求氧氣的魚般，離開了讓人感到有些窒息的教室。今天從早上開始身體就有些説不上來的不快，這種感覺隨著悶熱的午間又變得更加明顯了。

由於身體不適導致的食欲不振，手上只拿著飲料的我穿過了校舍一樓的穿堂，步行在操場旁、那有著學校創辦人銅像的學校庭院，穿過了這裡，就是一片有著自然涼風以及樹影的綠蔭了。

正當我穿過了庭院、打算找個能夠遮蔽陽光的樹蔭好好休息之際，卻發現那裡已經有人了。

「午、午安……」

那是戴著眼鏡、綁起馬尾的小栗同學。

像是因為我的突然到來感到驚訝，小栗同學先是用她細碎的聲音慌忙向我問好，隨即很快的又將頭低下去。

「咦？小栗同學也在這啊。」一邊説著，我一邊自然的走了過去，並在她身旁左側的位置坐了下來。不知道是不是我的錯覺，她好像微微的發抖著，而她跪坐的大腿裙襬上，則放著看起來相當精緻的便當。

「看起來很好吃呢。」直覺的脱口而出，身體不適的我此刻卻感到有些食欲上揚。

「要……要吃嗎？」

「咦？可以嗎？」

「嗯，今天……做的太多了。」

「是小栗同學自己做的啊，真厲害呢。」

看起來像是因為我的讚美而感到有些害羞，終於將頭轉過來的小栗同學緩緩的捧起便當，將它遞到我的視界中。

雖然這麼說有些不好意思，但現在的我實在是無法抗拒眼前這個用可愛的粉紅色盒子盛裝的精緻便當。

「那、那我就不客氣了……」接過便當，我嚐了一口看似相當入味的醃蘿蔔……小栗同學的手藝不是普通的好啊！

而在我的視界邊緣，小栗同學帶著看起來相當緊張的神情盯著我瞧……難道說很在意我的評價嗎？

「相當好吃哦，小栗同學的手藝真好。」隨著我由衷的讚美，小栗同學原本緊繃的神情才終於緩和了下來。

看似稍微放鬆了的她，接著取出她那小巧的平板電腦並且在左耳戴上耳機，大概是在聽九里交響的歌吧。此時我才猛然想起來，還得為昨晚的事向小栗同學道歉呢。

「那個昨晚……因為突然有急事就把妳一個人丟在那了，真的相當抱歉。」

「沒關係……」

面對我誠心誠意的致歉，小栗同學一邊注視著螢幕微微搖頭，一邊用溫柔的語氣輕聲回予。

「要聽嗎？」接著，她和昨天一樣將另一端的耳機遞給我，稍稍將頭側了過來，眼鏡鏡片下的畏縮視線似乎在等著我的回應。

我接過了耳機並戴上，播放著的音樂果然是九里交響的歌，不過似乎是稍早之前的作品。我一邊讓旋律流進腦海，一邊感受著嘴裡的芳香，心中想著該如何感謝小栗同學。

「謝謝妳讓我品嘗如此美味的便當，小栗同學，下次換我請妳吃飯吧？」於是我如此說著。

「不、不必……放在心上。」像是被我的邀約嚇著了又或是不好意思接受我的回禮，小栗同學又將頭別過去了，她緊低著頭，眼鏡下的雙眼只是緊盯著螢幕。

「不需要不好意思啦，品嘗了小栗同學的手藝後，我也想讓小栗同學嚐嚐看我喜歡的料理哦，而且我還有很多電子產品的問題想請教小栗同學呢，如何？」

面對我再次釋出的善意，小栗同學先是原姿勢不動的靜止了幾秒，稍稍蓋住鏡框的瀏海晃了晃，「嗯……」最後才輕輕的點了頭。

如此做了約定，我坐在遮蔽陽光的綠蔭下，細微的光線透過枝椏間的縫隙輕輕灑在我的肩上。我品嘗著小栗同學的手藝，一邊感受著涼爽的風輕輕吹拂，一邊讓九里交響安撫人心的聲線在耳中環繞，原本渾身的不快似乎也稍稍消退了。

謝謝妳，小栗同學。

◎◆◎◆◎◆◎

除了困擾著我的那個少女的事以外，依舊沒有什麼變化的日常，終於來到了夜之神明所統治的時刻。

如果從空中鳥瞰會發現，這座城市的表面就像被覆上一層色彩斑斕的外衣，街邊的路燈、商店外的霓虹看板、大樓外壁的的大型螢幕、不斷穿梭在城市的車燈、路上忙碌的行人們手上的電子產品，那些在夜晚依舊閃爍的人造光源充斥在城市各個角落喧鬧著。

在放學後，先回家換了一襲還算體面的禮服的我，從外觀亮麗的黑色禮車上緩緩步下。順帶一提，這輛禮車和負責駕駛的司機是我今天臨時租聘的，畢竟就算我再怎麼想盡量保持樸素，穿著這套西裝坐電車參加晚宴還是太不切實際了。

現在的時間是晚間八點左右，我站在東螢橋接近西螢橋邊界的某座美術館前。

由有著相當歷史的西式建築所改建成的美術館，周遭架設的進口燈飾將朦朧的光影投射在美術館那斑駁的磚牆上，令整座美術館看起來顯得相當氣派。

我一步步輕緩踏上用象牙色石磚砌成的階梯，最後與入口處的接待人員擦身而過，穿越美術館那有著優美曲線及精緻雕刻的銀色大門。

下一秒，映入我視界的是早已站在館內各處的賓客。有人拿著高腳杯進行慣例的社交對話，有人隨著現場樂手的演奏偕著舞伴在中央大廳的大理石地板上共舞，有人在館內四處流覽那些收藏於此的藝術瑰寶，也有人只是靠在雕刻圓柱上不耐的應付忽然打來的業務電話。

名貴的西裝及名錶，豪華的禮服及首飾，精緻的餐點與美酒。

這裡是映照這座城市繁榮之處的雙面鏡，富豪們聚集在這裡互相觀察著對方，也不斷的試圖拓展並誇耀自己的成就與地位。

「這不是能圓家的少爺嗎？」

身後傳來的叫喚迫使我回過頭去，緊接著進入視界的是不算陌生的人物。

「您好，久我知事。」我謹慎的使著敬語，並伸出手予以親切有禮的問候。

整齊的用髮油將頭髮向後梳理，穿著被燙得剪裁更為挺立的尊貴西裝，手裡拿著盛裝紅酒的高腳杯。

與我握手的這個男人是掌管北都行政工作的高級官員，現任的知事——久我春生。

「這個年紀就能管理財閥的區域業務，果然是能圓家的孩子！對了，令尊還好吧？」

「代表家父感謝知事大人的問候，家父現在很好，而且還特別要在下感謝知事大人對這次『螢橋都市更新計畫』的支持呢。」

我一邊帶著微笑向久我知事提起關於都市更新計畫的細節，一邊時時的提醒自己注意所有應有的社交細節，就連一個眼神、一個舉手投足都不敢輕忽。

螢橋都市更新計畫，簡單來說就是逐步將整個螢橋區全面性整合並重新建立，汰除、改建或修繕不需要及老舊的部分，以有限的空間拓展並提升都市機能。比較重要的項目有電鐵地下化、雲端大樓及密集貿易區等等。

而最終目的，是讓螢橋區成為北都的新都心。

「能圓先生的教育真是不得了啊！難怪能圓家的三個孩子都如此優秀，真是令人羨煞的家族啊！」

「知事大人太抬舉在下了。」

如久我知事所言，能圓家有三個孩子，而我便是家族中第三個孩子。我與兄長及身為長女的姐姐分別負責各殖民地的區域業務，兄長負責的是樺太地方，姐姐負責的則是青島地方。

作為能圓家的孩子，我們三人從小就各自做出了以畢生為家族繁榮獻力的覺悟……或者說，被教育成擁有這種覺悟的孩子。

不過，雖然說是負責高砂的區域業務，但我大部分的工作只是像這樣出席社交場合、確立財閥的人脈以及定期向父親匯報進度就是了，因此我並不覺得我有哪裡特別優越。

「對了，好像沒見著寺田家的公子。」

隨著久我知事一邊東張西望一邊提出的疑問，我才發現從進來到現在都沒見過俊也的身影。難道是還在某個角落忙碌這個晚宴的什麼細節嗎？這麼一想，又覺得站在這裡與知事閒聊的我更對不起他了。

「那麼就祝你們工程順利了。對了，這是個很不錯的晚宴哦！」

喝了口高腳杯裡的紅酒後，久我知事轉身離去。而我則謹慎的輕輕向他行禮。

「呼———」從與大人物交談製造的壓力中解放，我輕輕的吐了一口濁氣。放鬆下來的我一邊拿出手機撥給俊也，一邊四處尋找著他的蹤跡。

就在此時，俊也的身影緩緩的出現在美術館入口處。

帶著自然的微笑，俊也穿著高貴又具時尚感的改良式西裝出席，耳朵上的銀飾及手錶也換上適合這種正式場合的款式。

然後，我有些訝異的將視界望向走在他身旁的……女伴？

令我稍稍感到訝異的並不是俊也攜女伴出席這件事，這一點都不稀奇。令我訝異的是那位女伴的身分。

少女有著讓人感覺俐落的短髮，取代平日髮夾的日式髮簪別住向左梳開的瀏海，瀏海下是一張帶著一絲冷冽、標準的美人臉孔，因為一襲相當有春季氛圍的精緻和服，所以只露出頸部以上的白皙皮膚……少女雖然冰冷，但卻有著相當的存在感，就連周圍的人們都在一瞬間稍稍將目光投向她。

那是鐵破學姐。

「呦——阿伊人。」一貫爽朗的向我揮著手，發現了我的俊也朝這裡走來。

而我則將視界對著俊也，並盡量不讓人發現我對於看見鐵破學姐出現所產生的訝異。

雖然在昨天透過與俊也的閒聊，知道了俊也遲早會對鐵破學姐展開追求，然而我沒想到俊也的執行力竟如此神速，難道說俊也在更早之前就展開行動了？不愧是俊也啊……

面對著向我走來的兩人，我開始在心中擔心起該怎麼開啟與鐵破學姐對話，連知事大人都能自然對談的我最害怕的就是這種冰山類型的對象了，我非常害怕那種對話陷入僵局的尷尬窘境啊！

不知道是否明白了我的擔憂，來到我的面前後，俊也在鐵破學姐的耳邊細語，大概是要她先一個人四處走走之類的吧？總之，鐵破學姐暫時離開了。

不過在她離開前，與她對上視線的那瞬間還是讓我稍稍緊張一下，該怎麼形容呢……那毫無笑意的眼神就像一陣寒風忽然吹進你眼裡一樣。

「不是我不想介紹你們認識，因為我實在很擔心阿伊人在遇上她以後，從此社交信心大受打擊啊……老實說她真的很難對付呢，我可是花了一個星期的時間吶！」一邊打量著鐵破學姐離去的背影，俊也有點感嘆的說道。

「真是多謝你了，我剛剛還在想該怎麼做才好呢。」鬆了一口氣的我如此回應俊也。

不過說起來，今天可是情人節啊，願意在這個時候和俊也一起出席這麼正式的場合，俊也果然是發現了我的擔憂。

我想俊也已經成功了吧？

「還真有你的啊！俊也！」所以，我故意裝出狡猾的表情稍稍的調侃了俊也。

而俊也只是態度從容的聳了聳肩。

「對了，今天的晚宴還不錯吧？」

「嗯，真是辛苦你了，關於這點久我知事不久前還稱讚過哦。」

「那麼，讓我們去拜訪一些重要的大人物吧。」接著，俊也搭起我的肩，一副摩拳擦掌的樣子。

我與俊也穿梭在無數的賓客中，而俊也四處在人群中游移的目光就像是在尋找值得攀談的對象一般。

說起來，比起時常緊張得不得了的我，俊也的社交能力自然是相當優秀。

「咦？那不是歐里克電子的高砂負責人嗎？不過那傢伙最近大概也因為『tYraNT』的事情被搞得七暈八素吧，還是先別去打擾他好了。」

隨著俊也自顧自的低喃，我將視界隨著他的視線移動，看見的是一名看似相當忙碌，不斷接聽電話、根本無法好好享受晚宴氣氛的中年男子。

俊也口中的「tYraNT」指的是常在國際媒體的標題出現、以世界為範圍的知名駭客。由於入侵手法蠻橫又霸道，並且時常殘酷的在世界經濟圈掀起動輒億元起跳的動盪，還曾經有過入侵各國軍方網路的紀錄，因此被冠上「壹與零的暴君」如此誇張的頭銜。

「哦──有了。」俊也的眼神像是發現目標般的銳利了起來。

「嗯？」

俊也走在前頭領著我，向站在美術館某幅油畫前端詳的女士走去。

那是一幅相當特別的油畫。各種調性的藍色油墨隨意的被不規則塗抹在畫布上，然而那些堆疊著的色彩卻又像是經過創造者精心的設計，呈現一種和諧的美感，那些斑斕的油墨就這麼建構出了一座在烏雲密布的夜晚中依舊有著奪目光暈的冰晶之塔，散發著彷彿不存在於這個世界的美感。

「很美對吧？這是我一個朋友的作品，也是我最喜歡的收藏。」似乎發現了我與俊也接近，那位女士如此說完後便轉過身來。

她穿著一襲相當典雅的白色長禮服，搭配著低調極簡的珠寶及手中輕輕搖晃的白葡萄酒，讓這位年紀約在三十左右、有著西洋臉孔的女士顯得相當迷人，而且渾身散發著與在場所有女性都不同的氣質。

「容我向您介紹，這位是我熟識多年的好友能圓阿伊人，也是能圓財閥的高砂區負責人。」恭敬的行禮後，俊也一邊搭著我的肩，一邊向這位女士介紹著我。

「阿伊人，這位是席薇絲・文森特女士，是這次都市更新計畫最大出資集團『F機構』的代表人，順帶一提，她也是這座美術館的主人哦。」接著，俊也遵循著社交禮節，為我介紹這位文森特女士。

我謹慎的行禮後，暗自在心中深深的吸了一口氣，儘管我實際上並沒有這麼做。

雖然不至於像面對鐵破學姐那樣害怕，但還是有些緊張的我此刻實在相當羨慕能在這種社交場合如魚得水的俊也啊！

呼——今晚還很漫長呢。

◎◆◎◆◎◆◎

經過了許多不算拿手的社交，感到有些疲憊的我坐在美術館中的噴水池旁。

身為主辦方的一員、又是財閥代表人的我，總不能在晚宴結束前就這麼回家去，於是只好坐在這裡稍作歇息。

原本在中午好不容易稍稍消除的身體不適，現在又隨著疲勞悄悄的爬滿我全身。

在我視界遠方，俊也依舊從容的穿梭於人群間。真是佩服他呢，不管面對什麼對象都能自在的應對。

就在我暗自欽佩俊也的此時，某個陌生的聲線從不遠處闖進我的耳裡。

「你……是我們學校的吧？」

咦？不會吧……

這個聲音雖然沒聽過，但卻讓我在腦中不自覺的與某個不算陌生的臉孔連結在一起。

我稍稍感到有些不安。為了確認那種不安的感覺，我將視界轉向那個聲音的主人。

賓果！

冰冷冷的聲音實在是太適合那張不帶笑意的臉了。

「是的。妳是……三年級的鐵破學姐吧？」先是吞了口口水才回答，我的表情現在應該有些不自然。

然而，鐵破學姐卻沒有答覆我的問題，只是直挺挺的盯著我看。

我感受著在她眼裡散發的、像是怒氣般的東西，以及某種我無法理解的情緒，至今與鐵破學姐從未有交集的我，在哪裡惹她生氣了嗎？

就像正在詢問犯人的刑警，鐵破學姐冰冷的視線貫穿了我。

我怎麼也沒想到會是這個狀況。她作為我好友的女友，我早就做好了遲早必須與她交談的準備，然而沒想到卻是鐵破學姐主動向我攀談……面對不說話、只是盯著我的她，我認為自己已經完全陷入了剛才所擔憂的尷尬窘境。

「最近有沒有發生什麼怪事？」

……咦？

幾秒都沒開口的鐵破學姐的下一句話竟然是如此突兀的問題，而且她那銳利的雙眼就像是要貫穿我似的……我應該沒有會讓她生氣的理由才對吧？這下變成我說不出話了……

不過，說到怪事的話，最近確實是有——如果那個少女算是「怪事」的話。

「沒有呢，怎麼這麼問呢？」故作自然的敷衍過去，我用最理所當然的疑問試圖讓尷尬的對話延續下去。

於是，鐵破學姐又沉默了幾秒。

看著她那張莫名嚴肅的臉孔，我一點都不敢去想像這短暫的幾秒間自己的表情會是多麼僵硬。

面對鐵破學姐，我似乎是注定只有被提問的分。

「小心點。」

總之，最後用這句不知是提醒還是警告的話語打破沉默，鐵破學姐說完後就這麼轉身離去了。

這像鬧劇般的對話到底是怎麼回事？

我真的相當好奇俊也究竟是怎麼和她對話，又是怎麼成功追求她的。

試圖將因為鐵破學姐而僵硬的臉孔放鬆，我輕輕用雙手揉著臉頰。原本就不太舒服的身體經過這一段不知所以然的對話，又變得更加疲憊了。

然而我怎麼也想不到，在下一秒我的視界中將會出現讓我精神一振的光景——

「……！？」

透過在這瞬間突然縮小的瞳孔……

穿過拿著高腳杯進行慣例性社交對話的企業家，穿過隨著現場樂手的演奏偕著舞伴在中央大廳的大理石地板上共舞的賓客，穿過在館內四處流覽那些藝術瑰寶的人們，穿過靠在雕刻圓柱上不耐的應付著業務電話的男人……

我，將視界緊緊的固定在那個身影的周圍——是那個稍縱即逝的少女身影！然後毫不猶豫的衝了上去。

少女穿著一襲短版的寶藍色禮服站在有著典雅雕紋的美術館大門前，有著一頭耀眼金髮及一雙祖母綠的瞳仁。

那個少女，那個如今存在於我的視界中、也同樣讓我存在於她的視界中的少女，正對我投以謎樣的微笑。

然而，像是在嘲笑慌忙穿過人群的我，那個少女只是輕輕的轉身踏步而去，讓隨著轉身而稍微揚起的金色髮梢隱沒於大門的另一側。

但是我沒有放棄！不顧疾奔時擦身而過的賓客們投以的異樣眼光，也不顧在身後呼喊著我的俊也，我努力的追了上去，並跑出了美術館大門，試圖讓少女的身姿維持在我的視界中。

美術館外的步道被進口燈飾多變的光影裝扮得迷濛，步道旁停滿名車的停車場只有幾盞微弱的路燈隱隱帶來光源。

一邊跑著、一邊不斷交換著空氣的我，視界緊咬著奔跑在停車場另一端那隱隱約約的少女身影。

穿過了停車場，我咬牙忍住因為疊加的疲勞在身體中極速膨脹的不適。

奔跑在往西螢橋的小徑，少女的身影雖然不算清晰卻依舊存在於我的視界中，很好。

一路穿過小徑來到了西螢橋，電車行駛的聲響緩緩的從我耳邊滑過，我努力的試圖集中精神不被影響，只為了不讓少女從我的視界中消失。

全身溢出的汗水漸漸浸濕了我的西裝，我移動著腳步穿過罕無人煙的西螢橋電鐵地下化工程施工處附近。然而，就算再怎麼不甘心，我的速度卻確實慢了下來，再這樣下去，少女的身姿只會漸漸的從我的視界中消失。

「可惡！」汗流滿面的我將心中的焦慮化為一個單詞脫口而出。

就算眼看著少女的身影在我的視界中漸漸縮成了一個點，卻還是沒有停下腳步的我來到了電車平交道前的十字路口。

是穿過了平交道嗎？還是選擇向左或向右離去？

由於不知道少女的去處是哪個方向只好停了下來的我，卻在眼前看見了再熟悉不過的某個人。

微弱的路燈照映著佇立在平交道上的少女，那個表情並不是我記憶中的那個總是開朗的面容。

然而，這個時候的我卻沒有發現這一點。

「鈴原……是鈴原嗎？」

忙著追逐少女的我，此刻並沒有意識到鈴原存在於這裡的理由。

「妳剛剛、有沒有看見一個穿著禮服的女孩子……從、這裡經過？」

一邊大口大口交換著肺部的空氣，為了不讓越來越大的電車行駛聲蓋過，我用力的朝鈴原呼喊，試圖讓我的話聲穿過平放的平交道柵欄，傳向了站在軌道上碎石路面的鈴原。

就在這個瞬間，某個讓我感到顫慄的念頭猛然占據了我的腦海。

平交道、放下的柵欄、電車的行駛聲、站在軌道中的鈴原還有她的那種表情……

——慢著！

這一秒，時間彷彿在我的視界中被調慢了數倍。

從我額頭劃過視界的汗珠……

從鈴原悲傷的臉龐滑過的淚滴……

從軌道某一端急襲而來的強光……

因為接近而越來越躁動的聲響……

「————。」

鈴原緩緩開合著的雙唇像在說著什麼，但我聽不見，而且再也不會聽見了。

猛烈的光源如同倒灌的海水般侵蝕了我的視界，就要將鈴原吞沒在其中。

金屬間摩擦產生的尖銳聲響貫穿我的耳膜，卻依舊無法讓電車停止下來。

最後——

鈴原的身體化作四散的肉塊及鮮豔的血紅在我的視界中飛舞。

◎◆◎◆◎◆◎

等我發現時，自己早已置身一片伸手不見五指的黑暗中。

就算伸長了手，也無法在視界中看見自己手指的輪廓。看不見地板，甚至不知道自己究竟是站立著或是飄浮著，包圍我的只有無邊的黑、深沉的黑、空寂的黑。

一片寧靜，什麼聲音都聽不見，自己的呼吸、心跳完全聽不見，就算開了口大喊也沒有任何字句傳進自己的耳裡。

這裡是哪裡？

我為什麼在這裡？

我還活著嗎？

在失去了自己的輪廓和聲音、所有能象徵自己的東西以後，我還是我嗎？

……「我」是誰？

像是回應我的疑問，不著邊際的黑暗中出現了光芒。

像是被開了破口的布簾、像是被鑿開洞的牆、像是忽然被開啟的投射燈，一個又一個漸漸從朦朧變得清晰的光點出現在我四周，環繞般的將我包圍。最後……那些難以計算的無數光點各自形成了某種輪廓——

眼球。

無數的眼球。

一顆一顆就像是布滿血絲的珍珠，它們各自猙獰的轉動著，最後在同一個瞬間將瞳孔轉向我！就像是緊盯著我般！

那些令人顫慄的瞳孔各自有著不同顏色，但都像是漩渦、像是隨時要將我捲入其中。在這個除了那些眼球之外盡是一片漆黑的空間中，我依舊看不見自己的輪廓——

「我」依然不存在？

然後，在這個只有眼球的視界中，我聽見了唯一的聲音。

「掠奪吧！掠

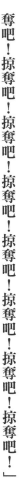

奪吧！掠奪吧！掠奪吧！掠奪吧！掠奪吧！掠奪吧！掠奪吧！」

就像是要震破耳膜般令人感到殘酷的低吼，帶著渾厚力道的命令像是要崩潰我般的永無止境重複著——

◎◆◎◆◎◆◎

「阿伊人，午餐時間到嘍，不吃點東西嗎？」

熟悉的叫喚聲將我從不舒服的惡夢中抽離，坐在後面座位的俊也一邊輕搖著我、一邊問著。

慢慢張開眼，我試圖忘卻莫名其妙的夢境。

「吃不太下呢……」揉著惺忪的雙眼，沒有食欲的我將視界望向陽光灑來的方向。

穿過櫻花樹的樹梢，那穿透窗戶打在我臉上的輕暖陽光原本應該令人感到柔和舒適才對，然而現在的我，卻連每次呼吸都感到疲憊無比。像是漩渦般的黑眼圈不知不覺的在這幾天爬滿了我的雙眼周圍，現在的我看起來想必非常憔悴。

請了兩天假後再度到學校上課、卻就這麼睡了半天的我，緩緩從趴在桌面上的姿勢回復正常。事實上從前幾天開始，出現在我身體上的莫名不適不僅沒有消退，反而是越來越嚴重。

雖然也利用請假的時間去了一趟醫院檢查，但卻查不出半點毛病，最後也只能歸咎於身體疲勞所造成的不適。然而，應該好好休息、休養身體的我，卻將兩天時間都花在警局與醫院上了——

因為我在兩天前的晚上，目睹了鈴原美紗的自殺。

不久前才因為遭到竊盜殺人犯襲擊的我，沒想到短短幾天又因為作為死亡事件的目擊者而進了警局。

由於我是為了追尋「那個少女」才會目擊鈴原的自殺，然而這個理由不能也不知道如何告訴別人，因此我在筆錄時以「身體突然不適所以到外面散步透口氣」這個藉口當作中途離開晚宴的理由。

當然，對於俊也的詢問，我也是這個說法。

不過，就算經過了一連串枯燥又乏味的筆錄，警察們還是沒能釐清鈴原自殺的原因究竟是什麼。沒有遺留下日記本之類的線索，在個人部落格或電子筆記上也沒有任何有關於鈴原自殺動機的訊息……

我回想前天在學校最後看見鈴原的樣子，那副喜悅的模樣怎麼看都不像是將要自殺的人該有的樣子。

「還好吧？阿伊人？」

「嗯，沒什麼。」

俊也從背後拍了拍出神的我，語帶親切的問候。雖然任誰來看都知道口是心非，但我還是勉強的掛上微笑回應。

透過手機或平板電腦、在座位旁交頭接耳、在走廊上議論紛紛，只要稍微將視界環顧教室四周，就能知道學生們無一不是正在討論著關於鈴原自殺的事。

而作為目擊者的我，恐怕也正在學校哪個角落被人討論著吧？

「對了阿伊人！那個 Lover 啊——這幾天根本就像發了瘋的犯案嘛！你看。」

語氣好像有些刻意，也許是想轉移我對鈴原之事的注意力吧？俊也將平板電腦從我身後遞了上來。

我用手指隨興的翻開討論版的內容，下一秒，映入我視界的是滿滿的圖片與文字，內容充斥著許多包括螢橋學苑在內、附近幾所學校師生的隱私內容，小至稍微令人感到害羞的情報、大至令人抬不起頭的不堪內容應有盡有，情報量比起平常多上了數倍。

如果是在之前，Lover 如此大規模的動作肯定會在學生間引起軒然大波的，然而因為鈴原自殺的事，那些被盜取的隱私內容似乎連帶變得乏人問津。
「的確是……做得有些誇張呢。」隨意的做了敷衍的評論，我將平板電腦還給俊也。
雖然在精神與身體狀況都不甚理想的現在，實在不應該這麼做來徒增煩惱……然而，我卻又不自覺的想起了那個少女。
那個在我被襲擊後出現在我眼前的少女。
三番兩次出現在我視界中又消失的少女。
令我為了追尋她而目擊鈴原自殺的少女。
她究竟是誰？為何存在？為誰存在？
想知道、想見到、想緊緊抓著、想牢牢的捕捉在視界中。
一瞬間，不適又爬滿了我全身刺激著每一吋神經，被煩惱塞滿的腦袋現在就像是要爆炸了一樣。
我想，我需要一些事物來治癒自己。

◎◆◎◆◎◆◎

「小栗同學也快吃吧。」

我一邊用湯匙將料理送進嘴裡、一邊說著，一整天沒有進食的我現在看起來也許有些狼吞虎嚥吧？

而視界中的小栗同學則緩緩拿起餐具，不敢直視卻悄悄盯著我的眼神似乎有些擔憂。

當我感到需要被治癒時，不知不覺的我就坐在小栗同學對面的座位上了。

難道說我已經不自覺的替小栗同學貼上了治癒系的標籤了嗎？

我與小栗同學現在正在學校附近的某間咖啡館，這間咖啡館位於西螢橋的小溪邊。雖然是不算昂貴的小店，但風景與裝潢還算雅緻。

在夕陽輕緩打在餐桌與溪面上的這個時刻，我正履行著幾天前與小栗同學的約定。

「你……看起來不太好。」依舊是幾乎聽不見的細語，小栗同學似乎是猶豫了許久才終於鼓起勇氣開口說道。

「沒什麼，只是這幾天碰上了一些事情，有些累而已。」

「那你應該……好好休息才對。」

「不過我真的很想和小栗同學吃飯嘛。」

「唔……」

「我真的沒事了，不用擔心哦。」

「嗯……」

被我如此逗弄後，小栗同學漲紅了臉，因為害羞而低下的頭讓眼鏡稍稍滑落鼻梁。

雖然不能算是沒事，不過看著像小動物進食般的小栗同學，我的心情確實是稍微的放鬆了些。

說起來，不知道小栗同學是否曉得鈴原自殺的事，畢竟這是最近學校裡熱門的話題，但小栗同學看起來不像是會關心八卦的類型呢。

之後，我與小栗同學一邊用餐、一邊談論著有關電子產品的話題。不知道為什麼，一提起電子產品，小栗同學句子裡的字數就變多了，而刪節號則是變少了。

於是，夜幕不被人發現的輕緩降臨，隨著餐盤裡的料理越來越少，溪邊裝飾的人造燈火也亮了起來。

這個時候，我注意到了咖啡館角落電視機所播放的新聞片段，於是將視界望了過去。注意到了我的舉動，小栗同學也稍稍的將頭撇向電視機。

「記者現在位於螢橋，十分鐘前這位獨居的年輕上班族女性，被發現陳屍在記者身後大樓的租屋處中，和近日發生的多起女性凶殺案件手法一致，頸部遭到緊勒窒息而死後被取走雙眼，警方表示應是連續犯所為……」

新聞畫面中，多名受害者的照片與資料在我視界中飛掠而過。雖然這一連串殺人案件似乎發生有兩、三天了，不過由於這段時間的我被捲入鈴原的事件中，因此根本無暇去注意新聞。

繼先前的連續竊盜殺人案之後，又是連續的女性凶殺案嗎？最近的北都真是不太平靜了……久我知事現在應該相當煩惱吧？

依照新聞敘述與資料來看，至今似乎已經出現超過十名的受害者，白領族、女學生等，受害者一律是外貌姣好的年輕女性。關於遇害地點倒是相當不規律，自家、地下道、公共廁所、巷弄間及職場倉庫等，各種場合都有。

雖然乍看之下會認為是變態連續殺人犯之類的所為，但弔詭的是完全沒有受害者遭到性侵害的跡象，全部都是遭勒斃後取出眼球……咦！？

「你……沒事吧？」

「……」

面對小栗同學稍微有些緊張的問候，我只是按著頭試著壓下全身的不適。

在「眼球」這個字眼閃過腦海的瞬間，我想起了早上在學校所做的奇妙惡夢。

就在想起的一瞬間，某種噁心感、暈眩感在我的腦中膨脹，讓原本就存在的那些不適又猛烈的侵襲全身。

「是不是……去趟醫院比較好？」

「不，沒什麼。」

「但是……」

「小栗同學才應該多擔心自己些，畢竟犯人專挑漂亮的女孩子嘛。」

「才沒有……這回事……」

忍耐著隱隱作痛的腦袋，我故做鎮定用一貫的口吻逗弄小栗同學。

可惡——在我身上，究竟是發生了什麼？

「那麼就下星期見嘍，小栗同學。」

「嗯，再見……」

結束了還算愉快的用餐，我與小栗同學在溪岸邊某盞路燈下告別。

由於小栗同學就住在西螢橋的附近，所以應該是打算步行回家。而暗自慶幸這個星期五不需要留在學校處理班級委員事務的我，則是像平常一樣，打算坐電車回家。

我一邊穿過通勤時間散落於街上的人潮，一邊往螢橋車站的方向緩步慢行。就這麼自然的讓眼前的風景進入視界。

上班族依舊提著公事包踏著匆忙的腳步，學生依舊三三兩兩成群的邊走邊聊，路邊的打工仔依舊對著每個經過的行人遞送傳單，汽車閃爍著人造燈火在城市中穿梭，在我視界中的一切風景依舊和每個流逝的昨天沒有兩樣。

雖然街邊電器行的一臺臺電視機依舊播放著剛剛的新聞，雖然連續殺人事件確實在自己生活的周遭發生著，但是卻沒有人因此改變生活的步調，城市的節奏不會因為這些事件而被打亂，一切還是一如往常平凡的反覆著，沒什麼大不了的。

鈴原的事也一樣，明明在同所學校甚至同個班級的某個人就這麼消失了，卻只是淪為學生間閒聊的話題，即使還是有人悲傷、有人感到嘆息甚至震驚，但在幾天後一切還是會變得跟過去一樣，不會有任何改變，不會有誰因為誰而改變。

因為這是日常，即使有人殺人、有人被人殺死、有人殺了自己、有人死去，但是這跟大部分的人沒有直接關係，這就是日常。

結束思索得到無聊的結論後，我再度將視界望向前方的景色，卻映入了某個身影。

「鐵破學姐……」

看著她，我想起上次有些尷尬又莫名其妙的對話。

穿著學校的制服，她就站在我面前，站在人來人往的街道中。臉上的表情雖然像是生氣般的緊盯著我，卻又像一池沒有半點波紋的水，如此平靜的夾帶某種難以言喻的情緒。

站在喧鬧的人群中，站在日復一日的日常中，鐵破學姐在我的視界中散發著某種說不上來的氣氛。

她的身影就像要吞噬掉周遭一成不變的視界般，就像要扭曲平凡風景般的佇立著。而她那貫穿視界而來的目光，彷彿像是真的要將我吞噬；那如扭曲一般的強烈目光，令人感到不安，引起我某種異樣的暈眩感。

無視我的問候，鐵破學姐在盯了我幾秒後就這麼逕自的從我身邊走過。

「再見。」

然後，她將簡短又強烈的字句遺留在我耳邊。

◎◆◎◆◎◆◎

透過電車通勤，我在晚間八點左右回到了家。穿過了有著簡潔設計風格的客廳後，我步上階梯來到位於閣樓的和式臥房。

由於是採開放式空間，所以雖然說是臥房，但只要透過閣樓邊的護欄就能看見一樓的客廳。除了浴廁外，這個建築內的所有空間，如客廳、廚房、餐廳、臥房等，都是彼此相連的，沒有牆或門的阻隔。

我走到位於臥房邊的陽臺，看著河面對岸閃爍著的燈火、遠處佇立著的燈塔，我將視界望向一片令人能夠放鬆的夜間景緻。

我再次體認到這裡真的是個讓人能夠好好歇息的寧靜空間，關於這點我還滿自豪的。

再次回到臥室，我坐在某張相當舒適的沙發上，身體被柔軟的皮質微微包覆，就像陷入其中一樣。

而在我面前的那張矮桌，高度經過特別安排，符合坐在沙發上時使用的人體工學。桌面上擺放了大尺寸的電腦螢幕及鍵盤滑鼠，包括主機在內的各式電腦周邊器材，就整齊的陳列擺放在桌子周邊的木質地板上。

我頂著略顯憔悴的神情開了機，隨即一直沉積在體內的疲勞感襲了上來。

雖然實在應該先洗個澡換件衣服才對，但被睡意侵蝕的我現在真的沒有那些力氣，只能不抵抗的合上雙眼。

意識漸漸變得模糊，放鬆的身體就像一路沉入深海一樣。

「掠奪吧……」

一片黑暗及眼球。

「掠奪吧——」

我再次被無數眼球包圍著。

「掠奪吧，更多更多。」

無數的眼球擠了上來將我包覆。

「去掠奪吧！去掠奪吧！去掠奪吧！去掠奪吧！去掠奪吧！去掠奪吧！去掠奪吧！去掠奪吧！去掠奪吧！去掠奪吧！去掠奪吧！去掠奪吧！去掠奪吧！去掠奪吧！去掠奪吧！」

無數的眼球各自蠕動著，感覺就要讓我窒息了。

「說過了——」

熟悉的聲線讓我從眼球中掙脫、將我從一片黑暗中抽離，感覺就像被吸入逆向的漩渦一般。

「會『再．見』的。」

我睜開雙眼，映入視界的是還算熟悉的場景，以及不久前才見過的臉孔，還有從頭頂灑下的微弱光芒。

這裡是……？

脫離了夢境，我不斷確認著現實。

圍欄、月光、微風、水塔，以及鐵破瞳。

我穿著沒換下的學校制服，佇立在學校的屋頂上。

為什麼我在這裡？

再次確認眼前的視界，揹著像是劍道部用來裝竹劍的袋子，褪下學生制服的鐵破學姐穿著剪裁特別的白色襯衫，站在不遠處。

「為什麼……為什麼我在這裡？」還來不及釐清我與鐵破學姐在這裡的原因，我只能直覺的道出疑問。

從夢境中清醒後發現自己站在學校屋頂上，卻完全沒有來到這裡的記憶以及動機，這種感覺很難形容。

「鐵、鐵破學姐，為什麼我……」

「少囉嗦。」

嚴肅的口吻打亂了我的提問，鐵破學姐現在的表情呈現一股明顯的厭惡感，以及我一直不理解的某種情緒。

「好了……是時候了。」

鐵破學姐緩步的走向我，被微風吹起的瀏海露出原本稍微被遮住的左眼。

此刻，那個深邃的像是要將我捲入的瞳孔，就像是呼應高掛的明月般隱隱透著淡淡的光芒。

這個瞬間，某種異樣的灼熱感與劇痛瞬間竄遍我全身！

「啊……啊！」忍不住的喊出聲，我雙膝跪地、雙手撐在地面上掙扎。

就像是在體內焚燒著，就像是要讓每一寸血管沸騰，原本累積在身體裡的所有不適此刻像是全部被揉和在一起一樣，化作這股令我即將崩潰的劇痛。

而鐵破學姐無視於表情極度扭曲的我，只是自顧自的緩步接近。

「現身吧，『妖怪』。」

妖、妖怪！？

還未反應過來，下一秒，我視界中那雙撐在地面的雙臂，正伴隨著全身的劇痛與灼熱感發生某種異變——

有如波浪拍打，我的皮膚在滾動。

有如沸騰的水面，冒出氣泡狀的突起。

有如破繭的蛹，有「什麼」在我的手臂上浮現。

是什麼？

漸漸浮出了輪廓，轉動、蠕動、扭動——

眼球。

許多眼球就像被鑲嵌在我的皮膚表面上一般，它們各自有生命般不規則的四處張望。

然而我能感覺到，異變不只發生在雙臂上。

匆忙慌亂的扯開制服的鈕釦，我赤裸的胸部及腹部映入視界。

不、並不能說是赤裸的。

「這、這到底是！？」

和手臂一樣，數顆眼球依附、鑲嵌——就像菌類般附著在我的身體上！

究竟……「我」究竟變成什麼了？

「我所察覺的妖氣果然沒錯。」來到了我的面前，嘴裡一邊說著我無法理解的話語，鐵破學姐俯視著趴在地上的我。

我一邊強忍著劇痛，一邊死命將頭抬起，將視界望向她。

現在的我肯定帶著一副像是求救又像求饒般的可悲表情。

「偷盜掠奪所生之妖，最近的連續女性凶案也是你幹的吧？」

沒有一絲憐憫的像在審問犯人般，鐵破學姐輕緩的舉起戴著珠串的右手，那高舉的白皙手掌與視界中的月光重疊。

這一刻，我感受到了周遭空氣發生的變化。

是風，風像是從周圍被捲了過來。

隱隱約約的扭曲周遭空氣、形成某種形體，半透明的某個輪廓在鐵破學姐的右手掌中成形。

像是匕首或是短刀之類的外型，那輪廓透著月光被握在鐵破學姐高舉的右手中。

直到現在，我才明白在鐵破學姐臉上那份我不理解的情緒是什麼……

「所以去死吧！『百目鬼』！」

是殺意！是真心想將某個人殺死的情緒！

時間瞬間像被神所調慢，視界中的一秒被放大了數倍。

鐵破學姐沒有絲毫猶豫的雙瞳、漸漸下墜的右臂、以及那緩緩斬落的風刃，一切都映入我的視界中，緩慢卻凌厲的逼近！

「嘛——這可不行。」

然而耳邊，傳來了某個聲音。

「等待了那麼久——」

女性的聲線，沒聽過的語氣與抑揚頓挫。

「如果死了我會很傷腦筋的。」

伴隨著話語傳來，某種東西劃破了空氣、倏忽而來的聲音。

在哪看過的、像是管狀物的什麼纏上了鐵破學姐的右手手腕，停下了原本要奪走我生命的動作，那隱約存在的風刃現在就緊貼著我的視界停止下來。

在月光的照映下我才稍微看清了那管狀物，像是肉芽、像是觸手。

「妳……妳是！？」試圖掙脫被緊縛的右手手腕，鐵破學姐將視線對著我後方，開口向我身後的什麼人問道。

下個瞬間，時間再度恢復了正常的流逝速度！

生存的本能使我催促痛苦的身軀向後彈開，坐倒在學校屋頂圍欄邊的地板上。背靠著圍欄的鐵網，我將視界順著觸手延伸而來的方向移動。

少女的身影站在屋頂圍欄的鐵杆上，正撫摸著飄浮在半空中的某個接近球體的存在。那球體中央有著幾乎占了體積大部分的巨大獨眼及血盆大口，連接著綠色的本體、像是枝幹般的數隻觸手，其中一隻正捆住了鐵破學姐的手腕，仔細一看，那觸手肉芽的末端似乎還連接著小眼球。

來不及為這個是否能被稱為「生物」的存在感到訝異，我再度將那個身影鎖定在我仰視的視界之中……

視界中在月光下更顯得耀眼的金髮。

視界中閃爍著祖母綠光芒的雙眼。

視界中玫瑰色的雙頰以及令人迷惘的微笑。

視界中戴著鴨舌帽，穿著短版外套的少女姿態。

視界中高筒襪與短裙隙間隱約露出的白皙大腿。

少女先是對著我瞧了一眼並給予微笑，接著才又將視線對向鐵破學姐。

她那稍微露出虎牙的笑容從容不迫。

「不許妳……傷害我的『能源』吶。」

現在的我，臉上肯定掛著微笑吧？

因為，那個我所追逐的少女——

現在就在我的視界之中！

第二章

打破日常的視界

頹廢，我們活在名為「日常」的頹廢中。

就算戰爭近在咫尺也無法感受到動盪與震撼。

就算將奇蹟擺在眼前也以冰冷的視線去分析。

被現代化與科技奪走了感性、生活在失去朝氣與感動的社會、被約束在索然無味的工作與學業裡、扮演著別人眼中理想的自己、維持比鄰而居卻虛假的人際關係、萎縮著活在沒有溫度的壹與零中……

日復一日，年復一年，人們就這麼頹廢的恍惚在日常中。

但現在，並不是腦中繁衍的妄想，也不是似是而非的幻想，更不是猶如幻影的空想。

鐵破學姐與那個少女在這一刻就這麼打破了我認知中的日常與現實，將貨真價實的神秘與震撼塞進我的「視界」之中！

「呿！」風刃瞬間斬斷了觸手，鐵破學姐馬上掙脫了束縛，「妳是？」

從束縛中掙脫後重新恢復了態勢，鐵破學姐冷徹的雙瞳緊盯著那個少女。

「在問別人之前……」少女略帶不快的回應，「自己應該先報上名吧！」

緊接著少女身旁飄浮的眼球生物吐出了一幕青之炎！

從那飄浮眼球的血盆大口中放射而出的藍色火焰綻放著詭異的光影，像是驟然降下的布幕般往鐵破學姐覆去。此時，隨著鐵破學姐唸唸有詞的雙唇，不知由何而生的一股颶風盤旋在鐵破學姐周圍，像是要將火焰吹散一般。

然而，違背了常理、忽視了應有的結果，青色的炎之幕卻不受影響的依舊降下！下個瞬間，只見鐵破學姐猛然向後躍了幾步躲開青炎，接著看似冷靜的盯剛才的立身之處。

灑在地面上的炎之幕很快的像是蒸發似的消失了，然而地面卻一點燒焦的痕跡都沒有，根本不像被火燒過的樣子。

「挺能躲的嘛。」少女語氣輕鬆的說著。

說完後，她從鐵絲網上躍下，就這麼佇立在我身旁。此刻我才能清楚的將跟在她身旁飄浮的眼球納入視界。

那個稍顯粗糙的綠色外皮與球體輪廓，幾乎占滿本體大部分面積的大眼球，在眼球下方長滿利牙的大嘴巴，從本體延伸了八隻左右的觸手，其中一隻似乎在剛剛被鐵破學姐斬斷了——絕對的，這並不是我所認知的地球上的生物！

「感覺不到構成的『氣』、逾越星球之理的攻擊，妳所使役的並不是『式神』，那麼妳是——」

和我一樣，鐵破學姐也正打量著這顆眼球，然後說著我無法理解的結論。

「原來妳是『異端』啊！」一邊將像是劍袋的東西拿在手上，鐵破學姐露出了厭惡的表情。

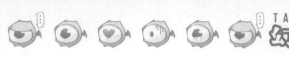

「請妳語帶敬意的稱呼我為『魔法師』吧。」對面的少女則帶著一副不以為然的微笑予以回應。

氣？式神？異端？魔法師？

強忍著纏滿身軀的痛楚，我試著去理解這些像是少年漫畫或奇幻小說及ＲＰＧ遊戲才會出現的名詞。

「既然如此，就連那邊的『妖怪』都跟妳一起收拾了吧。」

「喂喂，別想隨便對人家重要的資產為所欲為啊！」

一邊理解著她們的對話，我看著嵌在我身體表面的那些眼球，心中同時浮現了無奈與疑問。

雖然不想承認，但鐵破學姐口中的「妖怪」應該是指我，但是少女口中的「資產」是怎麼回事？

我的疑問還沒來得及得到解答，戰鬥已經開始了。

「既然是『異端』——就非消滅不可。」緩步向前，那張美人臉孔變得更加嚴肅了些。

褪下了像是用來裝竹劍的袋子，鐵破學姐取出的卻是一把傘。

雖然有傘的外型，但那把傘的傘面是用木材做的，上面用墨題上了我無法理解的文字或是符號，整體看起來反而有點像古人所用的竹卷。傘柄部分與其說是傘柄，更像是武士刀的劍柄，在傘尖部分則嵌著一顆似乎是裝飾用的紅色寶玉。

「所以說『術士』就是一板一眼啊，真是說不聽呢。」少女似乎從外套內側掏出幾罐玻璃製的小罐子，罐子裡載浮載沉的、被浸泡在某種液體中的是眼球。

下一秒，少女將那些夾在指縫間的罐子摔在地面，瞬間那些碎裂散落的玻璃碎片彼此間似乎化作了「點」，接著點與點連成了「線」，最後構成了像是某種圖陣的「面」，而那些原本被裝在罐子裡的眼球，正在這圖陣中輕緩的飄浮，然後像是被吹脹的氣球，那些眼球的體積不斷增加並在外型上產生變化。

竄出的觸手、張開的大口與長出的利牙，它們變成了七個與少女身旁的眼球生物類似，卻在外貌上有著稍微不同姿態的生物！

「和我的『瑪諾』們打打招呼吧！」

下一瞬，像是指揮士兵前進的將軍，隨著少女向前延伸的食指，那些被少女稱為「瑪諾」的詭異生物飄浮著身體並飛了出去！

保持著隊形騰空飛梭，隊列中央的幾頭瑪諾不斷開合著血盆大口，像是想將作為目標的鐵破學姐用那利牙撕碎。兩側的幾頭則往前甩出了觸手，試圖限制鐵破學姐的行動。

然而，被觸手纏上的鐵破學姐卻動也不動，只是緩緩的將傘撐開，然後轉動。隨著轉動的傘面，有著月牙弧度的數道風刃以鐵破學姐為圓心，一邊激烈的旋轉、一邊呈現放射狀散了開來！

風刃俐落的斬斷了接近自己的觸手，在無數被切成段、散落的肉芽中，迅速收傘並壓低著身子俯衝的鐵破學姐，朝著瑪諾的隊列中央疾奔！而她拖在身後那被收起的傘身，像是被風裹上般，猶如變成一把鋒利的劍。

這時，殘餘存有觸手的瑪諾將觸手向前伸去，試圖阻止鐵破學姐的行動。然而，鐵破學姐卻使弄著那把有如刀般鋒利的傘將其一一斬斷，最後，在接近隊列前雙手持傘，猛力的向前突刺！

但是……

「那些瑪諾，可不是只會咬人和捆綁 PLAY 而已哦。」操縱著瑪諾的少女輕蔑的說著，而隊列中央那有著淺藍色外皮的瑪諾閉起了那隻大眼。

就這樣被擋下了！在鐵破學姐銳利的傘尖、以及隊列中央的藍色瑪諾間，以光芒組成的、類似屏障的東西阻擋了鐵破學姐的突刺！

不過，就在不到一秒的時間，傘面上某塊木片上的字符隱隱發出微光，一瞬間，原本纏繞在傘身上的風開始激烈的迴旋！讓此刻的傘看起來就像鑽頭般瘋狂的鑽動！

以光芒組成的屏障很快的產生裂痕並崩解。突破了防禦，鐵破學姐的傘貫穿了隊列中央的淺藍色瑪諾！

沒因此停下的鐵破學姐接著將傘往地面一頂，驟然產生的風壓以傘為圓心向四周颳起，吹飛了四周的瑪諾，破壞了隊列！而那原本被貫穿在傘上的瑪諾則被風無情的撕裂成無數碎塊。

然而，瑪諾們……不，少女的攻擊並沒有因此停下來。

少女的雙手猶如指揮家一般的揮動，方才被風壓彈開、離鐵破學姐最近的黃色瑪諾，在牠頭頂的尖角似乎閃爍著某種光芒……那是電氣的光芒，就像逆轉的避雷針，猶如糾纏絲線一般的電氣束射向了鐵破學姐！

「……」同個瞬間，鐵破學姐似乎冷靜下來並迅速的微蹲，下一刻鐵破學姐像是將風硬塞進腳底般的向上飛彈，在上升過程中順勢斬出的風刃，俐落的將吐出雷電的黃色瑪諾一分為二！

但是針對鐵破學姐的攻擊還沒有停下來。朝著處在滯空狀態的鐵破學姐，赤色皮膚的瑪諾從嘴裡溢出了灼熱的氣息，接著噴出了盛開的火紅烈焰。

面對朝自己而來的灼熱焰火，鐵破學姐毫不猶豫迅捷的張開了傘，那忽然被敞開的傘面上，那些用墨題上的符文微微散光並壓縮了風——就像發炮一般，被壓縮的塊狀風壓旋轉著射了出去！

並不像方才那些詭異的青炎，紅色火焰很快被風壓一點不留的吹散，連帶著噴發火焰的赤色瑪諾也一同被那風壓擊中，接著像是被野蠻擠壓、扭轉、拉扯般，碎得四分五裂。

輕輕撐著張開的傘，在滯空期間解決兩頭瑪諾的鐵破學姐悠悠降落，不過，帶著刺骨感覺的淺藍色氣息卻襲向了她。

「給我……變成冰棒吧！」操縱著瑪諾的少女，看起來有些興奮的雙手揮動著。

像是收到指令般，飄浮在降落的鐵破學姐身後，某頭有著白色外皮、渾身散發寒氣的瑪諾張大了眼，最後從瞳孔中央射出了冷冽的光束！

「……！」

沒能及時躲過，被光束直射的鐵破學姐身上開始爬上某種寒氣。迅速蔓延在全身的冰霜幾乎包覆了鐵破學姐，最後，變成了猶如冰雕的姿態——鐵破學姐徹底的被凍住了！

「呵呵，這下子就能好好的料理她了。」一副喜悅的模樣，少女輕盈的從我身後的鐵絲網躍下。

剛剛發生的激鬥雖然不到一分鐘，但卻大大的震撼了我認知的現實。

因此現在的我正一臉茫然的靠著鐵絲網癱坐在地，甚至忘了自己正被嵌在身體四處的那些眼球折磨著，只是茫然的看著眼前的景象。

「那麼，該怎麼處置這雨傘女呢？」將食指點在嘴唇上思考著，少女領著殘存的五頭瑪諾，緩步走向變成冰雕的鐵破學姐。

不過，剛剛還靜止的冰塊，先是表面出現了裂痕蔓延，接著開始劇烈震動！

「！？」似乎察覺到了不對勁，接著拉住一直跟在身邊的、綠色瑪諾的觸手，少女急忙令飄浮飛行的瑪諾將自己向後拉去，回到了鐵絲網上。

我看著被一層剔透冰藍所囚禁的鐵破學姐那張輕皺著眉頭的美人臉龐。

如今，那些包覆著她的冰晶正在產生裂痕，彷彿內部有某種龐大的動力正在設法突破，冰雕一邊微微震動，一邊讓裂痕在四處蔓延，下個瞬間——猶如破繭，又如從內部被擠碎的玻璃花瓶，冰晶化為碎塊，龍捲風從裡面颳了出來！

龐大的風庇護著重獲自由的鐵破學姐全身，不過那已經不能稱為單純的「風」了。

隱約存在於我的視界中，那個姿態與某種傳說中的生物重疊。

擁有著像蛇又像龍捲風一般的身軀，風刃構成了四肢末端的尖爪與身體末端的尾巴，頭部有著像鹿的角與飄揚的鬚和鬃毛——那是一頭由風構成的龍，那半透明的輪廓扭曲著空氣隱約包圍著鐵破學姐。

而在那風之龍的頭部，原本應該是眼睛的部位，卻看不見雙眼的蹤跡，取而代之的是一顆被乘載於龍捲中的紅色寶玉。

「把它們撕碎吧，『式神・一目天瞳』！」被風揚起了髮梢，似乎因為被凍起來而顯得有些憤怒的鐵破學姐緩緩說道。

下一瞬，被喚為「一目天瞳」的風之龍震動著空氣，疾驅著由暴風構成的身體朝著眼前的四頭瑪諾吹去，那強大的風壓甚至破壞了學校屋頂的水泥地面！

「這下有些麻煩啊……」少女指縫間夾著數罐急忙從外套內側掏出的玻璃罐，「竟然把身上剩下的都用上了。」表情看來有些不甘心，少女隨即將玻璃罐甩落地面。

另一邊，一目天瞳面前的白色瑪諾不斷朝地面射出凍光，一面一面重疊著彼此的冰牆在瞬間被建構。

然而，一目天瞳的身軀卻猛然貫穿了冰牆，最後將白色瑪諾一口吞進渾沌的狂風身軀中！被高密度的風所擠壓著，白色瑪諾很快的萎縮並失去了應有的輪廓。

似乎試圖想抵禦一目天瞳的前進，餘下的三頭瑪諾聚集在一塊，身軀微微發光並同時將大眼閉上，接著，三道由光組成的障壁重疊著，就像盾一般在一目天瞳面前敞開。

猛烈的向前推進，龍捲般的一目天瞳試圖突破障壁，然而卻硬是被擋了下來。

此時，鐵破學姐疾驅著腳步往前邁進，並將收起的傘往一目天瞳的身軀中伸去。部分的風之身軀纏上了傘，這時一目天瞳的形體產生了變化！

扭曲著空氣的湛藍色半透明輪廓，長度有六公尺左右，最大直徑約兩公尺的龍捲風，在此時化作了像是鑽子、又像中古時代歐洲騎士用的長槍，有著紅色寶玉作為裝飾的「巨大兵器」。

隨著鐵破學姐手掌頂著傘一步向前，猛烈迴旋突刺的風之槍貫穿了障壁，連同剩下的三頭瑪諾一同貫穿，最後甚至一路向前破壞著地面，將我身旁的鐵絲網穿破了一個大洞！

「……」感受著吹拂皮膚表面的強風，倚靠著鐵絲網癱坐的我差點就被那風之槍一同貫穿了，恐懼與疼痛混在一塊，身體溢出的汗水沾濕了我全身的衣物。

由於鐵絲網損壞造成支撐力不足，不得不輕躍而下的少女站在我的身旁，踏在有著被破壞軌跡的地面上。

然而此時，在她的身旁卻已環繞飄浮著十頭各式各樣的瑪諾。

「居然又讓我消耗了這麼多存貨，這下可要妳好好賠償啊！」臉色不快的少女如此對著鐵破學姐抱怨道。

「又是這種噁心的怪物嗎……所以才說異端令人作嘔啊！」一面讓一目天瞳庇護著身體，鐵破學姐用鄙視的眼神說道。

眼球飄浮著，風吹拂著，兩人的身影在我的視界中眼看即將展開下一波交鋒。

「令人作嘔的是妳才對，別隨便瞧不起別人的驕傲啊！」

「原來這種怪物令妳驕傲嗎？」

「這還用說！我可是『瑪諾的五月（Mano May）』啊！」

「真有意思，那麼……這個如何？」

緊接著，面對驕傲表情的少女，庇護著鐵破學姐的一目天瞳，開始用那長長的身軀環繞著鐵破學姐盤旋。

就像打開水槽排水孔產生的漩渦，組成一目天瞳的風正不斷被吸入鐵破學姐那呼應著月光微微閃爍的左眼。

最後，一目天瞳消失了，而鐵破學姐的左眼則發出了詭異的光芒！

「感覺有點不妙啊……」雖然不明白鐵破學姐的舉動、但卻產生了危機意識的少女，在同個瞬間將瑪諾們聚集在自己前方，僅留了綠色瑪諾在身旁。

無數的瑪諾擋在了鐵破學姐與我們之間，並且遮蔽了鐵破學姐的身影。

接著，映入我視界中的——是瑪諾們背光的輪廓與猛然綻放的強光！

……

然後，光芒消去了。

……

「……咦？」

我身旁的少女發出了疑問的聲線。身旁飄浮著的綠色瑪諾則眨了眨大眼睛。

在一陣強光後，我視界中那九頭瑪諾的背影，似乎依舊分毫無傷的完好，就像什麼也沒發生一般。

「發、發光？就這樣嗎？」有點不知該如何是好的說著，少女被眼前的平靜弄得有點茫然。

然而，她卻沒有發現，充滿危機的變化悄悄的進行著。

「在我的家族中……我被稱為『幻瞳』。」被擋住了身影的鐵破學姐，冰冷的話語就這麼捎來。

此時，九頭遮蔽著鐵破學姐身姿的瑪諾緩緩的轉身，一隻一隻睜大著眼睛緊緊盯著我身旁的少女。

雖然那些瑪諾在我的視界中和剛才沒有什麼不同，然而在少女的眼中肯定不是那麼一回事吧……

「妳很快就會明白，這個名字所代表的意義。」

穿過了瑪諾傳來的，是鐵破學姐的聲音。

「居然！」

瞬間！猛然伸出了纖細的手臂，少女一把緊緊的抓住了我的手，並將我硬是從地上拉起，然後就這麼從鐵絲網的缺口中往下跳！

一邊緊緊握著少女有些濕潤的手掌，一邊感受著地球的引力，我很快的明白自己正從學校屋頂往下墜落，然而卻沒有時間去思考從六層樓的高度往下墜落……能活下來的機率究竟有多少？

隨著下墜的速度不斷增加，在我視界中的地面變得越來越接近。全身的疼痛也罷，對今晚所見的衝擊也罷，這一切在直接面對死亡的狀況下全都被拋到了腦後，視界中的地面……已經不遠了。

然而！就在這個時候，我的身軀感受到了某種觸感以及被緊縛的感覺，隨之而來的則是某種緩衝下墜的上升力。

下意識的，我用視界去確認那些感覺的來源——那是纏住我與少女身體的觸手，還有頭頂處看似死命拉著我與少女維持向前飛行的綠色瑪諾。

最後，隨著無力繼續負擔我與少女體重的綠色瑪諾下降，我與少女安全的降落在離校舍有一段距離的空地上……

「轟——」

同一個瞬間，方才我們跳下的屋頂處產生了轟然的巨響！

「……？」注意力受到這股躁動吸引的我，反射性的將視界往校舍屋頂移動，而最後映入視界的是，剛剛我與少女身處的屋頂位置此刻正冒著陣陣濃煙！

纏繞在鐵絲上還未散去的電絲、四處焦熱燃燒的鮮豔火光、攀附著鐵絲網凝結的冰晶以及腐蝕了鐵絲網的某種黏液，那裡已是一片瘡痍，如果我與少女剛剛沒有從那裡離開，恐怕現在已經不復存在了吧？

「可惡……那個雨傘女！」少女滿臉怒氣的咬牙說道。

看來那些瑪諾是被鐵破學姐用某種方式馴服了，就像被催眠一樣吧？

而站在那片狼籍之中的鐵破學姐，正低著頭盯向我與少女。

「看來不用上你不行了，別動！」接著少女一邊從口袋中取出了像是麥克筆的東西，一邊如此指使我。

「咦咦？用上我是什麼意思？」不了解她的用意，於是我急忙的提出疑問。

然而，看似匆忙的金髮少女並沒有回應我，只是迅速的拿起筆在我腳下的地面畫起了某種圖陣。

而另一面，承載著滿滿殺意，領著九頭瑪諾，鐵破學姐被瑪諾們服侍著、像是乘著風般，從屋頂躍下並輕緩的落地。

「還沒放棄嗎？妳的驕傲都在我這哦。」悠然的降落後將傘拖在身後走著，鐵破學姐嚴肅的臉孔淡淡說道。

「呿！居然勾引別人的使魔，妳這下流的雨傘女！」一邊說著一邊完成了最後一筆，少女不服輸的回應鐵破學姐。

面對著自己的戰力被對手奪走，面對現在優勢懸殊的局面，少女的表情卻似乎沒有一點認輸的念頭。

不過，現在的我沒有餘力去思考她的自信來源，因為……我的身體正湧出某種異樣的感覺。

視界中，腳下的圖陣開始發出微光。

視界中，嵌在身體四處的眼球開始激烈扭動，就像在掙扎一樣。

「啊……啊！」我痛得叫出聲來，全身原本被一連串震撼稍微掩蓋的疼痛又甦醒了過來，而且變得更加劇烈！

我的表情因痛苦而扭曲，原本以為已經流盡的汗水又拚命湧了出來，就像拔牙時的緊繃感乘上一百倍，那種感覺夾帶著劇痛蔓延我全身！

因痛苦而變得模糊的視界中，分布在我身上四處的眼球似乎……正在被抽離。

「妖氣……正在消失？」朝著被微光環繞的我，鐵破學姐有些訝異的低喃。

從我的身體被剝離，那些眼球的形體開始變化，牠們的體積開始增加，牠們飄浮在我的身體四周，觸手、大眼、利牙，牠們變得越來越像某種剛才見了不少的東西——難道說！

「為我奉獻祭品吧！我的『農園』！」少女用喜悅的聲線叫喚著我。

相當奇妙的，在一陣前所未有的痛苦之後，糾纏我數日的渾身不快以及那些劇痛與暈眩，似乎都跟著被抽離的眼球消散了。

闊別數日，平靜、輕盈、自在的感覺回到了我的身軀。緩緩的，我張開了清晰的視界。手臂、腹部，視界所見的身體各處恢復了應有的平滑，甚至沒有留下曾嵌著眼球的痕跡，那些眼球消失了。取而代之的，是飄浮在我四周、超過十頭的瑪諾——我身上的眼球變成了瑪諾！？

「果然行得通！」站在我身旁的少女雀躍著說：「這麼一來，就更不能讓你被殺掉了啊！」接著，使喚著剛出爐的新鮮瑪諾來到身旁，少女用堅定的眼神盯向鐵破學姐。

「同樣的事還想重複一次嗎？異端。」

「這可說不定啊，這次可是召喚出了有趣的東西。」

「哼，少逞強了。」

此時，鐵破學姐身後的瑪諾開始往前飛去，然而隊列卻十分散亂，就像是未經馴養的羊群。

「哦——竟然沒有立刻使出那一招，看來那誘拐招數在短時間內不能重複使用呢。」似乎因為發現了弱點而喜悅，面對著被奪走的瑪諾，少女依舊帶著微笑使喚瑪諾維持隊列向前。

「少囉唆，我只是讓噁心的怪物互相殘殺罷了。」鐵破學姐不肯服輸般的說著。

然而，我在視界中卻注意到了，一直到剛才明明占據優勢的她，那張美麗的臉龐上竟然布滿了汗珠，表情就像在壓抑著什麼。

很快的，瑪諾與瑪諾間開始了交鋒。

綠色瑪諾從嘴裡放射青色炎幕，黃色瑪諾從尖角綻放了雷光，白色瑪諾從眼裡射出寒凍射線，赤色瑪諾從嘴裡吐出火紅烈焰，淺藍色瑪諾張開了障壁防禦，紫色瑪諾從觸手末端噴出腐蝕液，灰色瑪諾堅硬的巨牙將對手碾碎，橙色瑪諾甩動著銳利的觸手……

激烈的戰鬥令空地一片狼籍、塵煙四起。然而，由少女使喚的瑪諾畢竟占了數量的優勢，很快的，存活下來的只剩以鐵破學姐為攻擊目標的六頭瑪諾，牠們維持著隊列，飄浮著身體朝鐵破學姐飛去。

然而，鐵破學姐卻一動也不動，像是在等待著什麼。

「看來——把毛毛蟲放進眼裡的時候不能使用風的伎倆呢！」再次發現了弱點，少女用著愉悅的語氣調侃著。

少女說得沒錯，能夠使用風進行各種攻擊的鐵破學姐，大可與催眠到手的瑪諾一同進攻。然而，鐵破學姐卻是動也不動的看著瑪諾進行攻擊？這並不合理。

不過，正當我的思慮結束之際，鐵破學姐那冷徹的左眼又開始隱隱的透著光芒了。

果然，她是準備再次使用那隻能夠奪走瑪諾的眼睛嗎？

「來了！」看透了鐵破學姐的行動，少女揮動雙手。

呼應著少女的使役、即將到達鐵破學姐面前的六頭瑪諾聚集起來，遮蔽了鐵破學姐的身姿以避免直視那隻眼睛。

下一瞬，直視鐵破學姐左眼的瑪諾們在展開攻擊前就再次陷進了綻放的光暈中！光芒瞬間照亮了夜晚的學校空地，接著漸漸的消散。

在那漸滅的光線之中，是再次臣服於那瞳孔下的六頭身姿。

「說過了吧，這不過是重複相同的事罷了。」被奪來的敵人的戰力所環繞，鐵破學姐冷淡的視線貫穿空氣而來。

「哈哈……妳果然是個笨蛋呢，雨傘女。」捧著肚子大笑，少女嘲弄著鐵破學姐。

「妳在說什麼？在同樣的招數上吃了虧，怎麼看都是妳像笨蛋吧？」似乎被激怒了，鐵破學姐的額頭浮出幾條青筋。

不過，在我的視界中，鐵破學姐確實是再一次將少女的瑪諾納為己用。

如果，少女召換那些瑪諾的關鍵要素是「眼球」的話……就少女本人所說，她已經沒有存貨了。

而我……而我身上的眼球也已經全數消失了，照正常邏輯來說，少女已經沒有反擊的手段了，那麼、那麼她的自信究竟是？

「嘛嘛、雨傘女妳先別急，稍微聽我解釋一下吧。」

「妳想說什麼？」

「瑪諾當中呢，有種黑黑小小的類型，總之是個看起來沒什麼威脅性和存在感的傢伙就是了。」

「那又怎樣？我對異端使喚的怪物沒有興趣。」

「啊啊、就是妳左手邊那個傢伙，怎樣？看起來又弱又不起眼吧？」

「我已經說過我沒興趣了，比起這個妳還是快放棄吧，我會讓妳死得痛快點。」

「那傢伙啊，不會噴火也不會放電，速度和凶猛性都不夠，不過卻有一個很特別的地方呢！」

「妳到底想說什麼？」

「那傢伙啊，在被強光照耀後的一段時間就會……」

「──？」

牽起了我的手，少女拉著我默默的向後退了幾步。

剎那間，視界中在鐵破學姐身旁的黑色瑪諾先是發出強光，察覺異樣的鐵破學姐驅使著腳步向後一躍，然後──

「會、自、爆、哦。」

隨著少女說出有些陰險的話語，黑色的瑪諾引起了猛烈爆炸，那火光將鐵破學姐的身影完全淹沒！

「趁現在！」緊接著她用力握住我的手，以爆炸的火光為背景，少女拉著我在月光下一路狂奔。

而我一邊驅使著身體跟上她的腳步，一邊默默讓滿臉笑容的少女映入我的視界中。

這時候，從背後照來的火光似乎漸漸暗了下來，自然的，我稍稍的回頭讓視界在遠方的那片濃煙中搜尋。

接著，我透過視界找到的是佇立在濃霧之中，將傘頂在地面支撐身體，一身狼狽模樣的鐵破學姐。

還活著呢，太好了！

不知道為什麼，這個瞬間的我，居然對想殺了自己的鐵破學姐還活著這件事由衷的感到開心。

幾乎零距離被捲入爆炸的鐵破學姐看來是沒有餘力追上我們了，但我與少女仍刻不停歇的奔跑著。

我們一路穿越了校門、穿越了無人的街道、穿越了深夜的便利商店前、穿越了鈴原死去的平交道。

拚命交換肺部的氧氣，我跟著少女穿梭在過去視界中屬於日常的各種場景，最後來到了螢橋車站前。

我讓視界透過附近大樓上的電子告示牌確認著時間，現在是凌晨一點左右，明顯是都市電車系統已經停擺的時間，如果要回家的話，恐怕只能靠計程車了。

此時，一邊氣喘吁吁，少女一邊走向車站前的某個投幣式置物櫃。她從外套口袋翻找了一番，終於找到皺巴巴的鈔票付費後，打開了最大的櫃子，並從裡面拉出了一箱尺寸相當大、看起來有些陳舊的行李箱，似乎是底部有輪子的款式。

「呼……呼，真是累死我了，早知道有這種突發狀況應該帶上它的。」一邊喘氣、一邊拍了拍行李箱，少女如此說道。

仔細一看，身高不算高的少女站在行李箱旁顯得更為瘦小了。

「好啦，可以走了，跟我來。」帶著滿臉笑容，少女對著我說。

「走……去哪？」剛剛才經歷了難以置信的一切、心情還未平復的我提出了疑問。

那些不久前出現在身體各處的眼球、俊也的女友試圖殺死自己、被稱為瑪諾的眼球怪物以及在視界中目睹的各種超常現象……

雖然有許多事想向少女問個明白，但我現在不僅渾身疲倦而且又一身狼狽，實在不想到其他地方去——

「當然是你家啊。」

原來如此，是我家啊——

咦咦！？

◎◆◎◆◎◆◎

緩緩的將流理檯的水龍頭轉緊，接著我用手稍微抹去了視界中那面鏡子的霧氣。

看著視界中自己的倒影，我發覺即使是現在疲憊的自己，臉上的氣色卻還是比前幾天好上許多。

接著，踏在濕掉的磁磚地板，洗完澡的我換上了乾淨的衣物，最後推開了浴室那用毛玻璃做成的門。

一邊拿毛巾擦乾頭髮上的水珠，我赤腳踩在象牙白的客廳地板上，讓客廳的景象進入我的視界中——

似乎，相當的怡然自得呢。

將身上原先的衣物和行李箱扔在一旁，穿著不知道從哪翻來屬於我的上衣，少女以相當舒適的姿勢坐在沙發上。

由於少女身高不高，因此男生的上衣在她身上變得有點像是連身的迷你裙——完全露出的雙腿上緣，內褲的蹤跡若隱若現。

「咕嚕咕嚕……哈——」少女看起來相當暢快的將從冰箱裡拿出來的維他命檸檬碳酸飲料一飲而盡，桌上似乎還有幾罐同樣的空罐以及洋芋片。

接著，帶著有些微妙的表情，我在與少女隔著一張桌子、對面位置的沙發坐下。

雖然有一大堆事情想確認清楚，但一開始果然……還是得從名字開始吧？

「那個，請問怎麼稱呼妳呢？」

「我啊？叫我麻野芽（Manomay）就行了。」

一邊咀嚼著洋芋片，名為麻野芽的少女輕鬆的回答著。

也許是之前沒有機會好好觀察她的五官因此沒發現？仔細一瞧，視界中她的五官似乎有點西方人的味道，應該是混血兒吧？

一度以為是幻影、一直追逐著的少女，如今就活生生的坐在我面前，這種特別的感觸，使我的視界在她身上逗留了許久。

「居然看得這麼入神，之前不是見過幾次面了嗎？『能圓阿伊人』君。」稍帶調侃的語氣，麻野芽如此對我說道。

果然，之前幾次出現在視界中的她並不是幻影。

「妳知道……我的名字？」

「能源財閥的三子，高砂的負責人，就讀於螢橋學苑的十七歲高中生，興趣是電子產品，家境富裕卻從不誇耀，在學校屬於受人歡迎的類型……」一邊說著，她一邊又打開了一罐碳酸飲料。

「總之，你的事我調查了不少，不過比起過去追蹤過的目標，你可真是特別呢。」

「目標？」

「在你身上繁殖眼球的那個現象，雨傘女好像稱作『百目鬼』吧？那就暫且這麼稱呼那玩意兒吧。」

「……」隨著麻野芽的話語，我一邊回想那些嵌在身上的眼球所帶來的痛苦與衝擊，一邊沉默著。

「自從數個月前意外發現百目鬼的存在之後，我就持續追蹤著不斷轉移宿主的它，最後甚至到日之本來了，於是就在上個星期五的晚上……」稍微調整了姿勢，麻野芽接著說下去，內褲則依舊保持在快要露出來的狀態。

「就是在那個時候吧，百目鬼從『那個男人』轉移到你身上了。」

那個男人，指的就是上星期五襲擊我的連續竊盜殺人犯吧。

「竊賊、強盜，過去被百目鬼寄宿的對象似乎都是這類犯罪者，因此我才會說你很特別呢。」

「所以說，那個晚上果然是妳救了我？」

「雖然不是本意啦！那時我追蹤了那個男人已經好幾個星期，最後還是等不下去了，於是便將他抓來，用不留痕跡的方法拷問一番啦！不過還是和之前幾次一樣沒什麼收穫就是了。」

聽著麻野芽的發言，我不禁有些害怕，要是她用同樣的方法對我？

「別露出這種表情嘛，我不會傷害你的啦！」從沙發爬上桌面，麻野芽一邊說著、一邊將臉湊到我的面前，那是連呼吸都能感受到的距離。

「而且，那種青色的火焰只會讓人在感覺神經上產生『被火燒』的感覺，是絕對不會留下任何傷疤的哦，放心放心。」

趴在桌面上，寬鬆並稍微下垂的上衣領口似乎在引誘別人一窺究竟。

一邊說著讓人絕對無法放心的話，麻野芽帶著像威脅又像誘惑的表情。

「為什麼……那個『百目鬼』會纏上我？」勉強的維持著鎮靜，我如此問向她。

「這我倒是不清楚呢，就前面幾次的經驗來看——百目鬼似乎對危機相當敏感，也許是在那個晚上感受到了宿主的危機，走投無路之下才轉移到你身上了吧……」一邊繼續說著，一邊改變了姿勢，盤腿的麻野芽直接坐在桌面上。

「說起來真幸運，在那男人身上找不到百目鬼的蹤跡，我還以為跟丟了目標，索性盯上了最後與他接觸的你，隨著一連幾天都沒有動靜，我差點都要放棄希望了呢！沒想到今晚百目鬼真的在你身上出現了，還真得感謝那個雨傘女啊！」

聽著麻野芽的話，我思索著關於百目鬼的事情。

沒錯，在那天晚上被男人碰觸到的那個瞬間，確實有種異樣的壓迫感進入了身體的感覺。現在想想，難道之後那幾天身體出現的不適都是因為百目鬼作祟？

「難道，你有什麼地方吸引了百目鬼？」忽然間，操弄著語帶試探的口吻，麻野芽用那雙祖母綠的眼眸看著我。

「咦？這種事我……」

「算了算了，其實這並不重要，重點是——」

「是……？」

從坐姿爬起並直接站在桌面上，雙手抱胸俯視著我的麻野芽，此刻已經將內褲完全暴露在我的視界中了。

那是意外帶著成熟感覺、有著蕾絲花邊的款式。

「告訴我吧！讓那些眼球繁殖的方法！」

「……」

「嗯？」

「……」

張大眼睛緊盯著沉默不語的我看，似乎在等待著答案，麻野芽的表情一臉期待。

「抱歉，我不知道……」

「呿……果然又是這樣嗎……」明顯的將失望掛在臉上，她似乎有些不甘心的說著。

接著，她忽然從桌面輕身一躍，猛然坐進我所在的沙發。我的身體一邊感受著沙發的稍稍下陷，一邊感受著她的行動。

「像這樣稍微給點『刺激』的話……」

「！？」

「眼球會不會長出來呢？」

張開了白皙纖細的雙腿、面對面的跨坐在我的身上，麻野芽一把將我摟住。

雖不算豐滿卻相當有彈性的胸部，就這麼直接貼在我的胸前。她一邊用右手撫摸著我的左耳，一邊將臉湊在我的右耳旁細語。從左耳的皮膚可以感覺到她說話時所呼出的陣陣暖意。

這可有點不妙啊！

「那、那個……我還是坐到這邊好了……」急忙的將她稍微推開，我迅速的移動到她對面的沙發。

只見她有些無奈的起身，並直接坐在沙發的椅背上。

「可惡，剛剛果然不該全部用完的啊！在最後的存貨用完前不想點辦法讓眼球長出來的話……又得花一筆開銷在黑市上了呢。」看似相當煩惱，麻野芽一邊咬著大拇指，一邊自言自語。

「黑市？」

「是啊，人類的器官本來就不是能透過正常途徑取得的東西，所以當然只能透過那種管道買入了，不過最近的價格又上漲了……」意興闌珊的說著，麻野芽有氣無力的回答。

原來如此，麻野芽的確是使用了眼球來召喚那些瑪諾。

所以她才追逐著百目鬼，所以她才想知道讓眼球長出來的方法，一切都是為了取得不需要成本的眼球——等等，取得眼球！？

「……！」

這個瞬間，也許我的表情稍微的產生了變化，因為腦海忽然閃過傍晚時的新聞畫面。

取得眼球，免費的眼球。

連續女性凶殺案、被奪走的眼球。

「我說你啊，那是什麼表情？」似乎注意到我的變化，麻野芽用有些嚴肅的神情盯向我。彷彿看透了我的心思，她冷冷的說著：「我不否認我會為了達成目的做些不擇手段的事啦，不過還不至於為了取得眼球做到那種程度。」

「為了研究而奪取人命？我可不是那種喪心病狂的『魔法師』吶！」用不屑的口吻說道，麻野芽的表情略帶驕傲。

話說回來，她剛才提到了魔法師吧？這是個不能放過的有趣話題啊。

「這個世界上居然真的有魔法師呢……最令我意外的是沒想到鐵破學姐也是。」

「別把我和那雨傘女相提並論啊！死腦筋的『術士』和『魔法師』可是從根本基礎與系統上就完全不同的存在。」

「就我而言倒是差不多呢……都是些奇幻文學或電玩裡才會出現的名詞。」

「該怎麼向你解釋呢？總之，魔法師是一群鑽研並追逐著與我們所在的世界不同級別、更加高等知識與法則的人，而術士就是一群忌妒著別人取得新知識、墨守成規又不講理的傢伙。」意外的，麻野芽似乎不太擅長解釋這類事情，因此我只能從她模糊抽象的字句間盡力去理解著，或許其中還包含許多主觀的見解。

稍微喝了口碳酸飲料，麻野芽接著頭頭是道的說著。

「像那個雨傘女就是屬於術士中最為極端的一種，擅自將人定義成『異端』，抱著只要是與自己不同存在就殺掉的態度，完全是亞洲術士的蠻不講理代表啊——不過歐美部分也有這種傢伙存在就是了，那也是群麻煩得要命的傢伙呢。」似乎講到了興頭上，麻野芽再次將碳酸飲料一飲而盡。

那麼，既然魔法師與術士是兩種完全不同的存在，那麼麻野芽與鐵破學姐各別使役的那些「超常現象」也是不同的吧？

「所以，妳使喚的那些『瑪諾』，和鐵破學姐稱為『一目天瞳』的存在，又有什麼不同？」一邊回想著那些大眼睛的超常生物以及鐵破學姐的風之龍，我試著再次提問。

「我召喚的瑪諾啊，是以另一個世界、另一個宇宙的法則，活生生在地球構成的『使魔』，因此能夠使用無視地球法則的能力，因此是魔法、是真正的奇蹟啊！但那個雨傘女卻怪物怪物的叫著，實在是太過分了吧？」一邊讓身體從沙發椅背滑下回到正常坐姿，麻野芽有些驕傲又有些氣憤的說道。

「至於雨傘女操縱的那玩意兒嘛……我不太了解呢，不過那個在構成上應該和你身上的『百目鬼』比較接近。」一邊摸著下巴說完後，麻野芽似乎因為想到了什麼般，將手扶在額頭上，一副苦惱的樣子。

「說到百目鬼，究竟還在不在你身上是個未知數呢——如果真的不在了，又該怎麼找到它呢？真是令人苦惱啊！」

自顧自的訴說著煩惱，下一秒的麻野芽忽然從沙發上跳起，接著站在了沙發上。

一副居高臨下的態度，她俯視著我並對我伸出了右手，伸出的食指末端一路延伸指向我的視界中。

「總之！往後這段時間為了持續觀察你身上的變化，同時保護你不被那雨傘女騷擾，我會一直住在這裡，沒問題吧？」

面對麻野芽的提問，我帶著苦笑微微點頭。

事到如今，也只能這樣了吧？

◎◆◎◆◎◆◎

隨著不知道是第幾回的、早晨溫暖的陽光灑落在我身上，我穿著一襲螢橋學苑的制服，站在自家門口。

視界內所見的，是穿著寬鬆男性上衣、揚著一張剛睡醒的臉，似乎打算目送我出門的麻野芽。

「是說……妳的制服呢？」

「什麼制服？」

「通常這種事態走向，接著妳不是應該作為轉學生到我的班上來嗎？」

「你腦袋沒問題吧？」

「……」

「我可沒有那種閒錢啊。」

一臉沒精神的睡眼惺忪模樣，視界中的麻野芽用有些冷淡的口吻吐槽我。

真是有些失望呢……邂逅謎樣的少女、由謎樣少女為契機帶來的非日常展開、讓謎樣的少女住進家裡，通常接在後面的是少女成為轉學生到班上來的橋段吧？沒錯吧？

「怎麼了？擔心又被那個雨傘女找麻煩嗎？」

「其實也不是……」

「放心吧，我晚點也會出門，然後會在你附近四處行動，並且用『偵視瑪諾』在你身邊觀察著的，一有狀況就會趕過去。」

隨著麻野芽有氣無力的說道，此時有一顆大約網球大小的粉紅色瑪諾，輕飄飄地從她的手掌中浮起，最後像是隱形般的消失在我的視界中。

那個瑪諾……簡單來說，應該就像是針孔攝影機那樣的作用吧？

於是，在麻野芽的目送下，我一如往常的在星期五早晨出門，準備藉由電車通勤到學校去。

步行通過住家附近的公園後，我進入川端站，並匆匆忙忙的擠進即將關門的電車，今天的電車依然被通勤人潮擁擠的塞滿。

勉強站在微小的夾縫間，我用手指滑動平板電腦的螢幕，並且登錄了蕗亞流音的情報網頁。

占據了首頁中央，是在每個平日早晨例行性的「RoaRune今日運勢占卜」影片。沒想到才剛上傳不到一個小時，瀏覽人數已經超過十萬了，不愧是蕗亞流音啊！

隨著食指按下播放鍵，蕗亞流音的聲線透過耳機傳進耳裡，她那迷人的身姿就這麼占據了螢幕畫面，並用相當可愛的表情輪流介紹今日的星座運勢。

「對於雙子座的你來說，今天是宛如重獲新生的一天哦！所以大膽的拋棄恐懼，儘管去嘗試想做的事吧！」

視界中的蕗亞流音彷彿在向我打氣，我不禁露出了笑容。

重獲新生啊——果然有這種感覺呢，無論在各方面都是。

不久後，我移動步伐隨著人潮步出螢橋站。但是，我並沒有直接往學校的方向前進，在那之前，我想去個地方。

路肩旁公園的櫻花飄落，與溫暖陽光一起裝飾著這個舒服的早晨。

擺脫了前幾天的渾身不適，我神清氣爽的走在西螢橋的街道上。雖然麻野芽似乎相當

TAKASAGO PROJECT

眼球戰車

幻瞳與百目鬼

Novel KILO Illust 薩那SANA.C

期待被稱為「百目鬼」的那些眼球再次從我身上出現，甚至還整晚趴在我床邊觀察，但是就我本人而言，果然還是比較希望百目鬼已經從我這裡離開了……

不過，至少現在的我，已經不會再被鐵破學姐當成連續女性凶殺案的犯人、被當作妖怪對待了吧？

為了更加確定這樣的想法，在蕗亞流音的鼓勵下，我將腳步在某戶人家前停下。

視界中出現的是有著雅致風格的和式建築，是一棟占地不小並且擁有造景庭院的日式平房。

站在該戶門前的信箱旁，有些無趣的看著街上往學校移動的學生們，我等待著某個身影出現。

不久後，那個穿著螢橋學苑女生制服、有著冰山氣質的少女從門內出現了，雖然身上幾處有著像是包裹擦傷的繃帶，不過看起來並不嚴重，真是太好了。

稍稍的深呼吸，我鼓起勇氣開口。

「早安，鐵破學姐。」

「居然像這樣若無其事的在我面前出現……你在挑釁我嗎？」

嚴肅的美人臉孔帶著幾分怒氣，鐵破學姐有些生氣的樣子貫穿了我的視界。

「請不要誤會了，我只是認為有些事果然還是得好好的向鐵破學姐解釋清楚。」

「我跟『妖怪』沒有什麼好說的，還是你認為我不敢光天化日下在路邊殺了你？」

「那個……」

用平淡的語氣說著卻如此具有威嚇力，鐵破學姐的話語差點令我卻步。但是我相信蕗亞流音，因此我必須大膽的拋棄恐懼。

「那個，我昨天似乎聽見了，鐵破學姐說我身上的『妖氣』消失了。」

「……」

「雖然我還不是很明白，不過，既然那些眼球從我身上消失了，那就代表我已經不是鐵破學姐口中的『妖怪』了吧？」

面對我的詢問，鐵破學姐沒有立刻回答，而是先用冰冷的視線打量著我全身。

「雖然妖氣是消失了，但你是『異端』的同夥這件事就足夠構成殺死你的理由了。」

「那、那個是誤會……」

鐵破學姐冰冷的視線隨著稍微湊進的臉孔接近，我不由得稍退了幾步。

光是與所謂的「魔法師」來往就得被殺嗎……果然是有點極端呢！

不過，不能夠在這裡放棄。看來，必須用點說話的技巧了。

「其實，我根本不認識昨天那個女孩子，我也不知道為什麼她要救我……」

「——？」

「而且在昨天的騷動過後她就走了，我連向她道謝都來不及呢，所以別說是同夥了，我連她到底是誰都不知道。」

於是，為了讓誤會我與麻野芽一開始就是同夥的鐵破學姐瞭解，我一五一十將昨晚以前的事告訴鐵破學姐，包括被那個連續竊盜殺人犯襲擊以及在昏迷前見到麻野芽的事。

但是，昨晚之後所發生的事就絕不能讓鐵破學姐知道了——總之，必須讓鐵破學姐認為麻野芽現在與我沒有任何連結。

「所以，就是這麼一回事，我根本不認識她，也不知道那個『百目鬼』為什麼會在我身上。」

「……」

面對扶著下巴、似乎在思考什麼的鐵破學姐，我略帶苦笑，對她說著一半是真實、一半是謊言的話語。

不久後，似乎總算是在心中得到了答案，視界中的鐵破學姐凝視著我，然後緩緩開口說道：「由於我還無法完全相信你，所以從現在開始，你必須和我一起行動。」

「咦咦？」

「每天從早上七點直到晚上十一點，扣除上課以外的時間，其餘時間你不許離開我的視線。」

「不、那個我……」

「這是為了能夠確實的觀察你，也為了證明你不是凶手，如果不肯答應就殺了你。」

「……」

「就從今天開始吧，正巧我放學後必須調查女性連續凶殺案的事。」

「……是的。」

面對咄咄逼人的鐵破學姐，我只能勉強的帶著笑臉答應這個要求。

接著，往學校方向的道路走去，鐵破學姐用嚴厲的眼神示意要我跟上。無奈的緊跟在後，將視界放空在眼前的景色，我思考著鐵破學姐的要求。

這確實是個能夠證明我不是凶手的方法，也確實能夠獲得鐵破學姐的信任並消除她的殺意，但是……扣除上課時間，每天都有將近十個小時以上必須被囚禁在鐵破學姐那雙冰冷的視線中。

唉……這不是完全的失去個人時間了嗎？

這個時候，我忽然好想見小栗同學啊！

◎◆◎◆◎◆◎

「今天的能圓同學，看起來氣色好多了……」

用溫柔的口氣對我說完後，她將手中的飯糰輕輕咬下一口。

視界中的她，是在燦爛光芒下吃著飯糰的小栗同學。也許是漸漸熟悉了與我對話，她眼鏡下的那對雙眼，似乎不再像過去那樣總是充滿了害羞的神情。

「居然願意在大中午的時間陪我在這裡吃飯，真是謝謝妳呢，小栗同學。」

「不客氣，不過……為什麼要在這裡？」

「這個嘛……很難解釋呢。」

回答著小栗同學的提問，我透過視界往周遭環顧。

揮灑的汗水、揮舞的球拍、被不斷來回拍打的綠色毛球，這裡是學校的網球場。

因為鐵破學姐說要幫忙網球部的後輩進行特訓，於是被下令禁止離開她視線的我，就這麼在午休時間被叫了過來。

我與小栗同學就這麼坐在毫無遮蔽物的網球場旁，在太陽下倚靠著鐵絲網享用午餐。

在午餐時間一邊看著好友的女友打網球、一邊吃飯，這實在是非常奇怪的事情。

一邊不斷回擊著球，鐵破學姐似乎不時地將那雙好像在生氣的目光瞄向我。難道是在生氣我帶了小栗同學一起來？

不可能吧，畢竟她又沒說過不許我找人陪同，這絕對只是她對我純粹的怨氣自然的反應在眼神上吧？

說起來，鐵破學姐果然不簡單，昨晚才經過了那樣的戰鬥還受了傷，現在竟生龍活虎的進行著激烈運動，這樣真的沒問題嗎？

「要聽嗎？能圓同學……」

此時，將我的視界從鐵破學姐身上拉走，小栗同學一手拿著平板電腦，一手遞上了一端的耳機。看來似乎是九里交響的歌曲。

說起來，似乎總是小栗同學在向我推薦音樂呢。

「對了，小栗同學，說起來也該是時候了呢。」

「嗯？」

一邊裝模作樣的說完，我快速用手指滑動平板電腦的螢幕，打開了某個視窗，接著拉出耳機。

「當然是拉攏妳成為蕗亞流音派啊！」一邊笑著說完，我直接將耳機塞進小栗同學那粉嫩的耳朵裡。

「……」

意外的，小栗同學並沒有被我突如其來的動作嚇到，也沒有反射性的做出任何反應，只是默默的低著頭，讓蕗亞流音唱出的旋律進入腦中。

而那張稍稍低下的臉龐，出現了明顯的泛紅。

「覺得好聽嗎？」

「嗯……」

「那就好，我還怕這種風格小栗同學不喜歡呢。」

「能圓同學……好像真的很喜歡蕗亞流音？」

「嗯，真的很喜歡呢。」

「喜歡的原因是……？」

「應該是那種令人感到充滿活力的音樂風格、舞蹈之類的吧？當然，也不能否認外型上也……」

「嗯……」

就在我與小栗同學正進行著閒聊時，視界中不遠處的鐵破學姐似乎結束了特訓，剛收起球拍的她一邊補充著水分，一邊將視線投向我這邊來，似乎在向我示意要離開了。

「那麼，差不多該回教室了，今天很感謝小栗同學陪我吃午餐。」

「不會……」

「那小栗同學也快回教室稍作休息吧，再見。」

「嗯，再見。」

告別了陪伴我度過午餐時間的小栗同學，我踏著蹣跚的腳步跟在鐵破學姐身後。

「那是女朋友嗎？」沒有回過頭來，鐵破學姐用只聞其聲的方式對我問道。

「不是呢，只是個不久前認識的、算是有共同嗜好的朋友吧。」

「也是，那不像是你會喜歡的類型。再說了，妖怪沒有談戀愛的權利。」

「這麼說也太……而且我已經不是妖怪了吧？」

「少囉唆，你還沒通過我的觀察呢。」

「……」

「別忘了早上說的，今天放學後可別溜走了。」

「是——」

被囚禁在鐵破學姐視線中的我無奈的抬起頭，稍微望著視界中的天空，在心中默默的嘆了口氣。

◎◆◎◆◎◆◎

被不斷向西落下的陽光餘暉輕輕拍打著，我站在校門口附近的櫻花樹下等待著。

等待著誰呢？

當然就是試圖將我囚禁在視線中的鐵破學姐。

回想起來，今天除了上課時間外，幾乎都被限制在鐵破學姐的視線範圍內活動。

幸好今天俊也似乎有事請假沒來上課，不然要是被好友誤會成跟蹤自己女友的跟蹤狂……那就有些令人尷尬了。

隨著一片粉色的花瓣飄然落下，鐵破學姐的身影也一同出現在我眼前的視界中。

「似乎是乖乖的遵守著約定，那麼走吧。」用平淡的口氣說著不知道算不算表揚的話，鐵破學姐在說完後拎了下肩膀上揹著的劍袋，便擅自邁開了腳步。

那個劍袋裡……裝著的恐怕是昨天的那把「傘」吧？這意味著她心中是做好了隨時有可能展開像昨晚那樣戰鬥的打算嗎？

當然，我不可能直接詢問鐵破學姐，如此一來也只能默默的祈禱別再被捲入那樣的危機之中了。

不過說起來，現在並肩走在學校附近街道的我與鐵破學姐，在外人的眼中看起來會像什麼樣的關係呢？

「那個……鐵破學姐。」

「……？」

「如果之後每天都得這樣一起行動的話，感覺不太好呢，畢竟妳是俊也的女朋友嘛，被人誤會和我在一塊的話總有點……」

帶著苦笑，我試著提醒鐵破學姐可能會發生的狀況，然而——

「俊也——你說寺田家那個嗎？」

「嗯，沒錯。」

「你搞錯了，我和他一點關係都沒有。」

「咦咦？但是情人節那天的晚宴……？」

「那個人不斷的向我提出邀請，最後因為有些事想向他協調，所以就乾脆答應陪同他出席了。」

鐵破學姐一邊用事不關己的語氣說道，我則一邊回憶與思考。

原來如此，回憶著晚宴當時的情況，俊也確實從沒表示過鐵破學姐成為他的新女友。據我所知，鐵破學姐的家族是擁有許多土地的大地主，那麼為了生意方面的事情與寺田建設的俊也一起出席，根本沒什麼好奇怪的。

確定了這樣的事實，也許是不必害怕被當成介入朋友戀情的傢伙，頓時我的心中莫名感覺踏實多了。

就這樣，我與鐵破學姐漫步在西螢橋的街道。

比起商業區的東螢橋，西螢橋以住宅區為主，因此這裡街上的人潮並不算多。而且這裡，也是我與俊也目前致力的「螢橋都市更新計畫」中重要的一環。

這次的都市更新計畫，其中重要的一環就是「鐵道地下化」，地下化後的優勢在於能夠大幅節省地面使用空間，並且在安全性上也能大為提升。簡單來說，就是減少類似鈴原那樣的事件……

因此，設置地下化的電鐵管線的最佳位置就是西螢橋，而工程也正順利的進行著。

畢竟，若要在商業區的東螢橋上動土，在成本上絕對是不符考量的。

不知不覺，我與鐵破學姐來到某個地下道，似乎是女性連續凶殺案的案發現場之一。

說起來，為何鐵破學姐如此斷定這起事件是「妖怪」這一類超自然力量幹的呢？也許只是一般的殺人愛好者吧？

雖然我已經得知這個世界上所謂的「超常力量」確實存在，但我並沒有因此將它投射或套用在生活中所有謎團上的打算。

「鐵破學姐，會不會也許這起事件，就真的只是普通的殺人犯幹的呢？」於是，我對她提出了詢問。

「如果只是這麼簡單的事，我就不需要調查了，畢竟我並不是警察。」

「嗯？」

「在幾天前，我就已經大略的到各個案發現場看過了，不約而同的，每個地方都殘留下了『妖氣』。」

「妖氣啊……說實話我對這個名詞真的不是很明白，而且也不知道該不該用電玩遊戲中的概念去理解呢。」一邊有些無奈的說道，我跟隨著鐵破學姐的腳步進入地下道。

一步一步的踏下階梯，鐵破學姐一邊環顧四周，一邊默默開口。

「這個星球被所謂的『氣』所充滿、建構著一切。」

「……？」

「在這個星球上，一切人事物的運行都依循著存在於氣中的法則，一切從自然而生的萬物都蘊含著氣，氣既是所有生物的生命能量之根本，也是流動、蔓延在這個星球四處的能量。」

「嗯……好像有在某些養生的書籍上看過這樣的說法。也就是說，我身體裡也有所謂的氣吧？」

走下了階梯，鐵破學姐面對著我的提問一邊回答，一邊緩步的走在前頭，走在有些昏暗的地下道。

「在生物體內蘊涵的氣被稱為『小源』，蔓延在星球表面上四處流動的被稱為『大源』，依照個體或場所不同，氣的含量及濃度也會有所差異。」

「嗯……」

「而螢橋這個地方，就是流動的氣極為豐沛的『靈脈』，我的家族則自古管理著這裡一部分的靈脈。」

「所以鐵破學姐的家族，實際上是所謂的術士家族啊……」

「雖然相較之下有些特別，不過是這樣沒錯。」

稍微停下腳步，佇足的鐵破學姐觀望著地下道的天花板、角落的牆壁等等。

「而純粹的氣在吸收了各種『資訊』後，在一定的機率下會變成妖怪，尤其像螢橋這種豐沛的靈脈就更為容易了。」

「那個……資訊是什麼意思？」

「氣長期流動於野獸花草四周就會誕生擁有該習性的『自然妖』；長期吸收著人類各種執著的情緒就會變成『執念妖』，人家口中常說的『生靈、幽靈』就是這一類。」

「感覺就像水一樣呢，吸收了鹽會變成鹹水、吸收了糖會變成糖水。」比起麻野芽，鐵破學姐在解釋這類事情的時候，我似乎更能明白。

或許是因為不透氣的地下道感到悶熱，稍微撩了一下俐落的短髮塞到耳後，鐵破學姐接著說下去：「而所謂的妖氣，就是這一類存在所蘊含的氣，術士便是透過這種被殘留下的氣追蹤著妖怪。」

「所以之前附著在我身上的百目鬼……是屬於執念妖吧？」

「嗯，百目鬼吸收著宿主偷盜掠奪時產生的快感而生，因此通常憑依在作奸犯科之人身上。」

這麼說著的同時，鐵破學姐將她帶著明顯輕視的目光投向我。

果然，她還是對我抱著懷疑呢。

如果一直再被這麼懷疑下去，也許哪天我真的會被鐵破學姐殺了也說不定。

如果能夠儘快解決這起事件、證明自己清白的話……

這麼想著的同時，我從提袋中拿出了平板電腦，並迅速的滑動手指，瀏覽著前幾天錯過的新聞頁面。

而鐵破學姐只是默默的在一旁繼續她的觀察。

瀏覽、擷取、整理、排列，我花了點時間試圖將所有犯案地點整理出來。最後，被我標記在螢橋地圖上的所有犯案地點，似乎顯示著某個事實。

果然沒錯，住宅區、公園、地下道、地下停車場、公共廁所、樓房間的巷弄以及某間倉庫，這些案發地點竟然不約而同的全部都在西螢橋……

「鐵破學姐，妳看看這個。」一邊叫喚著她，我將顯示著地圖的平板電腦遞上，「案發現場，似乎全部都在西螢橋呢。」

看著平板電腦的畫面，鐵破學姐若有所思。

「看來果然是妖怪幹的，而且實力不弱。」思考得出了結論，鐵破學姐如此說道。

「怎麼說呢？」

「我剛才說過了吧，我的家族管理著螢橋一部分的靈脈，事實上就是整個西螢橋的這片範圍。」

「嗯，是有提過。」

「為了良好管制靈脈及確實的退卻妖怪，鐵破家在西螢橋周遭架設了『結界』。」

「結……界？」

「這個結界除了能夠確實掌握靈脈的穩定度外，還能阻隔妖怪通過，以此防止管理範圍的妖怪闖到別的區域作亂，造成家族有失顏面的事態。」

「慢著，但是幾天前，被百目鬼寄宿的我確實是大搖大擺的去過了東螢橋……」

「你就把結界想像成漁網吧，如果不是體積太大的魚，要從漁網的縫隙中出去是很容易的。」

「所以，也就是說……」

「嗯，如果犯案的妖怪真的是因為被結界阻擋而徘徊在西螢橋的話，那傢伙……」

一邊在心中推測著可能的答案，我一邊將視界望向挺著嚴肅表情的鐵破學姐。

「是個足以被結界阻隔的難纏妖怪啊！」

視界中的她如此輕輕地說著。

◎◆◎◆◎◆◎

經過了沒什麼展開、卻過得異常緩慢的一天，終於從鐵破學姐的視線中被解放，我在晚上十一點半左右才回到自家。

接著，在打開門後的那個瞬間，我卻稍微猶豫了。

「這裡是……我家嗎？」

占滿了客廳桌面上的，是剩餘的食物與飲料。視界中的桌椅、沙發、地板，到處散亂著屬於女性的衣物。然後是沒有人看的電視、沒關好的冰箱、不斷滴著水的水龍頭。

再次用視界仔細的確認著室內的裝潢風格以及陳列的各式家具——這裡的確是我家沒錯。

難道是遭小偷了嗎！？

是說……麻野芽回家了嗎？

將視界往上抬，我確認著位於閣樓的臥室。燈似乎是開著的。

於是，走過了凌亂的客廳，我一步步踏上階梯來到臥室。

臥室邊的露臺上，穿著寬鬆上衣盤腿坐在地面的少女，金髮微微的被風吹動。

那是麻野芽。

坐在地板上，她輕輕的閉著雙眼，一副正在冥想之類的樣子。

我想，樓下的慘況是麻野芽一手造成的吧？

但由於似乎是個不太方便打擾她的狀況，於是我先下樓將客廳稍微整理了一番。

真是的，已經籠罩在鐵破學姐的壓力下一天了，回到家居然還得做這種事嗎？

於是，正當我在心中默默進行抱怨的同時，麻野芽的身影就這麼出現在閣樓臥室的圍欄旁。

「呦、你回來啦？」伴隨著話語，麻野芽揚起微微露出虎牙的笑容。

「真是的，不是說會跟在我附近行動嗎？而且居然還把家裡弄得一團亂……」接著，我稍微面帶無奈的發表抱怨。

「原本是想好好收拾的啦！不過忽然感受到適合的『波長』嘛，所以就趕緊去維持『魔導線』的品質嘍！」

一邊蹦蹦跳跳的下樓，麻野芽說著一連串我無法理解的話語。

「妳說的……就是妳剛剛進行的冥想？」疲憊的一屁股坐進沙發，我如此問道。

很快的，盤腿坐到我面前的桌面上，麻野芽豎起食指，一副開始講課的樣子。

「說冥想也沒錯啦，反正挺類似的……我之前說過，所謂的『魔法』就是一種使用這個宇宙以外的法則及能量的技能吧？」

「嗯，我還記得。」

「那麼，那些能量與法則該怎麼來到地球上呢？魔法師們又該怎麼去使用那些其他宇宙的能量呢？」

「……？」

「答案就在這裡，每個人都有的腦袋裡。」食指戳著我的額頭，麻野芽一邊繼續說下去：「每個人的腦中，或多或少都有被稱為『魔導線（Mana Convey Line）』的存在，你可以把它當成天線。」

「天線？」

「透過魔導線，魔法師們接通屬於自己使用的魔法類型的波長，利用這個建立起來的聯繫管道發送並接收，藉此達到施展魔法的目的。」

「妳這麼一說，感覺有些科幻呢……」

「所以，魔導線的多寡與連線品質決定了魔法的效果程度。因此，魔法師們會透過我剛才所做的『魔導接續』來促使魔導線成長，並維持或增強與該波長的通訊強度。」

「有點像是……打電話？」

「真是有趣的理解方式呢……我透過腦袋裡的線路打電話，和某間瑪諾派遣公司打好關係，在需要的時候呼叫那些瑪諾出現——你就以這樣的想法來理解吧。」

「這麼一說，感覺又有些滑稽了呢。」搔著頭，我試著消化麻野芽訴說的魔法知識。

「說起來，你今天倒是被雨傘女折騰得不輕？」使著稍帶嘲諷的語氣，麻野芽一邊撩著頭髮、一邊問我。

「妳都知道了啊！」

「嗯，透過偵視瑪諾了解得一清二楚，所以我才敢放心的先回來啊。不過，以這種方式取得她暫時的信任，而且能跟在她身邊吸收些情報，倒是個不錯的好方法。」

「其實我一開始根本沒料到鐵破學姐會提出那種條件……」

「放心吧，我已經擬定好對付那個雨傘女的方法了，很快就能讓你脫離她的魔掌。」

「咦咦？妳還打算對付鐵破學姐嗎？」

「那是當然的！如果想好好的研究、觀察你身上的百目鬼，那傢伙實在太礙事了。說到這個——」

忽然，麻野芽從桌面上爬起來，並一把跳到我身上。

再次感受到從她身體傳來的溫度，還有透過衣物藉著接觸表露的身體曲線。

「好了，讓我看看……」

接著，她那雙纖細的、不安分的雙手開始解開我身上制服的釦子。

「……！？」

「今天有沒有長出來呢？眼球──」宛如拆禮物般的愉快表情，麻野芽撥開我稍作抵抗的雙手，很快的就將我的上衣褪去。

就在下一秒，失望的情緒迅速覆蓋了那張面容。

「唉，還是沒長出來啊……」

「所以說百目鬼也許早就不在我身上了嘛──」

「果然，還是得給點刺激來促進生長才行！」

「咦、咦咦！？」慌張的從沙發上逃離，我試著與麻野芽拉開距離，抵禦那隨時會讓人讓放棄原則的肢體接觸。

但很快的，從沙發上彈起來的麻野芽展開了追擊。

「好了，放棄抵抗吧！魔法師的特別服務可不是每個人都能享有的！」

就這樣，環繞於過去從未出現在這個家中的追逐、打鬧聲響中，準備迎來假日的星期五宣告結束。

◎◆◎◆◎◆◎

豔陽高照的午後，拍打著水波的藍色河流沿著一片綠蔭一路延伸到遠方。

站在水泥砌成的堤防上，我的視界隨著這片景色放空，試圖讓自己的心情輕鬆點。

這裡是位於西螢橋的某處河岸堤防，從堤防將視界往下俯瞰，則會看到有許多假日出遊的民眾，以及那綠意盎然的河濱公園。

明明是令大部分人感覺輕鬆愉快的週末假日，今天早上六點多就得起床的我，卻依舊被禁錮在某個人的視線中。

「發什麼呆啊？還不快跟上來。」沒好氣的說著，走在前頭的鐵破學姐，帶著不悅的口吻如此催促。

完全是一副失去耐性的樣子——不過，其實也不能怪她呢。

事實上，從昨天放學後開始直到今天的整個早上，我陪同鐵破學姐進行的所謂調查，說好聽點是進度緩慢，說難聽點根本就是毫無進展。

而且非常湊巧的，自從鐵破學姐對我提出「不許離開視線」的要求後，那宗連續女性凶殺案竟然完全沒有新案情傳出——總覺得我在鐵破學姐心中的嫌疑越來越深了啊！

再這樣下去……完全失去耐性的鐵破學姐會直接殺了我也說不定啊！

正當我一邊思考著自己目前處境的同時，沿著堤防不斷前進的我們，不知不覺離開了河濱公園的範圍。

取代了河濱公園，俯瞰的視界中，提防下出現的是從沒見過的景象——四處可見垃圾、廢鐵或是各種資源回收品等等。老舊不堪的屋瓦、搖搖欲墜的梁柱，讓人懷疑是否可以稱之為「建築」。勉強拚湊起的許多房屋，凌亂散落在河堤下這片空地上。

就任何人來看這都不像個住宅區，而像是被當成落腳處使用的垃圾場。

稍微停下腳步，走在前面的鐵破學姐將目光停留在那裡。

「知道這裡是什麼嗎？」

「不知道……」

「這裡是高砂人的集住區，俗稱的貧民窟。」

目光沒有移動，看著在提防下居住著、不堪的人們，鐵破學姐默默的說著。

「這些人的住處在幾年前被政府強制徵收了，無力對抗與財團擁有協定的政府官員、沒有能力在都市中購買昂貴的住處，走投無路的人自然就聚集在這裡了。」

「難道……」

「沒錯，就是你們所謂的『都市更新計畫』，他們僅存的住處被以『提升都市機能』這種理由低價收購。因為是高砂人，所以沒有反抗的權利；因為是高砂人，所以社會上的人們一點都不會覺得這有什麼不對。」

老實說，我從來沒想過會有這樣的事。但是回想起來，一切正如鐵破學姐所說，是理所當然的結果。

高砂地方，是一塊殖民地。作為這塊土地原先的擁有者，高砂人卻始終被視為次等公民，尤其在東部的反抗分子鬧得厲害的這種情況下，使得一般民眾對高砂人的反感又更加強烈。

「是高砂人的話，就算不上學也沒關係吧？」

「高砂人有這樣的工作和薪資就該偷笑了吧？」

「高砂人既然是被殖民者，配合著政府的政策也是理所當然吧？」

就像這樣，即使政府表面上一再提倡一視同仁、宣導必須維護高砂人的人權，但這種默默蔓延在社會中的階級制度，還是在教育、工作、生活等方面烙印在高砂人身上。

「這塊原先作為垃圾場的空地，是我家族名下的財產之一，當我答應將這裡讓他們作為落腳處時，他們竟然感動得痛哭流涕，很可笑吧？」

「……」

「所以，我試著向對我提出邀約的寺田協商，希望能夠在你們的都市更新計畫中為他們提供新的居住地，甚至還陪他參加了那個宴會……不過恐怕是沒有什麼效果吧。」

「原來鐵破學姐所說的協商就是這個……」

「那些人的感受，像你這種生活無虞的傢伙應該很難體會吧。」帶著冷靜的聲線如此說完後，鐵破學姐再次邁開了步伐。

緩慢的跟上腳步，我稍微回頭，將視界停在那個高砂人集住的貧民窟。

也許，我該試著做些什麼。

◎◆◎◆◎◆◎

帶著無奈的神情，肩膀輕輕地披上夕陽餘暉，有些疲憊的我坐在西螢橋某處公園的鞦韆上。而鐵破學姐，也坐在我身旁的鞦韆上。

「沒有新案情、沒有關於妖氣主人的線索與蹤跡，就連那些殘留在現場的妖氣殘量也逐漸散去——」帶著冰冷的聲線自顧自的說著，鐵破學姐如此分析著今天一整天的成果。

「難道那個妖怪已經收手了？或是躲藏在某處正準備著什麼？」於是，我試著答腔、並如此推斷著。

「又或者……」此刻，鐵破學姐冷冽的視線移動了。

「根本就是你幹的呢？」將視線移動到我身上，那口吻也瞬間變得令人緊繃。

「咦咦——！？」果然、果然最後還是懷疑到我身上了嗎！？

「說起來還真湊巧……」緩緩從鞦韆起身，鐵破學姐的步伐朝我移動，「盯著你的這兩天居然一點事情都沒發生，甚至連新留下的妖氣都沒有發現。」

「就算鐵破學姐妳這麼說……」

「在你因為某些原因、導致妖氣消失之前幹了那些案子——」

最後，雙手扠在腰間，稍稍的彎下腰，她佇立在我的面前。

「這麼推理應該沒有問題吧？」

如即將出現的月光般冰冷，鐵破學姐的目光緊凝著我。

「……」雖然很想反駁些什麼，但以目前的事態來看，這樣的推理也是理所當然，畢竟我確確實實在鐵破學姐的面前成為所謂的「妖怪」過——那些與這個案件異常得令人容易聯想在一塊的「眼球」，確確實實曾經出現在我的身體上！

經過了兩天毫無進展的調查，難道失去耐性的鐵破學姐打算現在就殺了我！？

那瞬間，我確實看見了殺意。

「不過，現在的你身上感覺不到妖氣是事實。」

「咦……」

正當我腦中的某一區域神經因恐懼而緊繃，鐵破學姐卻忽然恢復了平靜，連帶著語氣也恢復了正常。

「而且就目前看來，並沒有發現你與魔法師仍保有聯繫的跡象。」

「……」

「與『異端』有關的一切皆殺之，這是鐵破家的宗旨，不過現在的你似乎不符合這個條件。」

「所以？」

「所以放心吧，我現在不會殺你，不過之前的約定仍然有效，請不要忘記了。」

「嗯……」

「那麼，今天就到此為止吧。」

用冷淡的口氣說完後，鐵破學姐就這麼轉過身去，漸漸遠離我的視界。

我靜靜的看著那樣的背影——想必就算是她，也有感覺到疲憊的時候吧？

這個時候，口袋裡的手機響起了蕗亞流音的歌曲，似乎是有電話。

拿出了手機，視界中的螢幕顯示著俊也的來電。

「呦、阿伊人。」

「是俊也啊，怎麼了嗎？」

「雖然自己說有點不好意思，不過明天是我的生日哦！」

「咦咦？抱歉、抱歉，這幾天事情實在太多我都忘了……」

「沒關係啦！不過呢，我明天晚上想在東螢橋那個還沒完工的金融大樓裡搞個很特別的派對，來參加吧？」

「哦、那當然──」

然而，就在我想一口答應的同時，卻忽然想起了我與鐵破學姐的約定。

「那個，我明天可能會有點事，真是抱歉了，俊也。」

「這樣啊……好吧，下次可要好好補償我啊！阿伊人。」

「嗯，一言為定……對了、俊也──」

這個同時，我想起了今天所看見的「那個景象」。

「今天鐵破學姐對我說了一些事情，是關於……」

於是，我將西螢橋堤防下的那個「高砂人集住區」的事情，在電話裡告訴了俊也。

「是那件事啊，那傢伙也來找我談過呢。」

「所以俊也覺得？」

「這個嘛，高砂人是很可憐沒錯啦，不過這種事別說我們的老爸了，其他的計畫出資者也絕對不可能答應的。」

「的確是沒有能夠說服他們救濟高砂人的理由呢。」

「對吧？不過，如果能由久我知事開口，也許還有機會啦，畢竟北都的知事大人還是挺有分量的。但是要說服那位大人，恐怕是更難呢。」

「嗯……」

果然，要為那些高砂人尋求一個像樣的居住地，並不是那麼容易的事情呢。

「怎麼了？難道阿伊人也對鐵破有興趣？」

「沒有啦，只是看能不能幫上點忙。」

「阿伊人總是這樣呢，老做些熱心助人、提升形象的事，真是卑鄙。」

「你就別這樣挖苦我了啦……」

「是說，西螢橋的地下鐵路工程那邊，好像有好幾個工人莫名其妙的接連昏倒了。」

「咦？」

「工頭嚷嚷著不知道是不是地下天然氣外洩，要我們想辦法查查，真是傷腦筋。」

「還有這種事啊！」

「聽說工人們都人心惶惶的，不過已經派人去處理了，根本沒有什麼安全問題，應該沒什麼要緊的。」

「真是辛苦俊也了。」

「那沒什麼事我先掛了，星期一見。」

「嗯，再見。」

掛上了電話，我靜靜思考著。

西螢橋，地下鐵路工程，接連昏倒的工人？

這兩天老是將犯下連續女性凶殺案的妖怪這件事放在心上，不知不覺的，我很自然的將兩件事聯想在一塊。

如果說那個妖怪躲在了地下的鐵路管道呢？因為這樣才會無法察覺蹤跡？

難道說那些工人因為不明原因昏倒是妖怪幹的？不對，殺死了多名女性還奪取眼球的妖怪卻只讓人昏倒？而且，為什麼那個妖怪停止犯案了呢？

想不透的事情就這麼環繞在我的思緒中，就像要將腦袋擠壞一般。

總之，明天把這些事情告訴鐵破學姐以後，也許能為事情帶來點新的眉目。

正當我如此決定之時，卻感受到某股來自肩膀的觸感。

「嘿，剛剛可真是危險呢。」輕拍著我的肩膀，站在身後的麻野芽帶著笑容。

「是妳啊，什麼時候來的？」

「我不是說過嗎？會一直在你附近觀察著，剛剛以為雨傘女終於忍不住要動手了就趕了過來——不過似乎是沒事呢。」

「嗯，鐵破學姐說了現在不會殺我，不過也不知道能維持多久就是了……」

「哼哼，不用擔心，就算她出手了，我也有十足把握能夠對付她。」

「居然這麼有自信嗎？」

「如果說上次的戰鬥是以『逃脫』為目標，那麼下次的戰鬥我會以『打倒』她的前提去行動。」

「可以的話我是希望不要再發生那種事情了啦……」

正當我帶著無奈的苦笑，向麻野芽表達由衷希望的同時——

「咕嚕咕嚕。」

非常明顯的這種聲音，從麻野芽的肚子清楚的傳出來。

很快的，麻野芽那張臉龐稍稍的漲紅了起來。

「嘛……今天一整天沒吃什麼東西呢。」似乎有些害羞，麻野芽稍微低著頭說道。

「咦？為什麼不好好吃飯呢？」

「就是那個嘛……為了準備對付那個雨傘女，總得先在『存貨』的部分投資……」

「我明白了。」

「所以說啊，身為一個沒有所屬結社的獨立魔法師實在是相當辛苦——咦咦！？」

一把抓起了麻野芽纖細的手臂，我拉著她走出公園。

「走吧，我知道個好地方。」

◎◆◎◆◎◆◎

「好多人啊這裡，還有這香味——！？」

「嗯，想吃什麼就儘管吃吧。」

「這可是你說的哦，走吧！」

帶著麻野芽來到這裡的我，這下反倒是被麻野芽一把拉進了人群之中。

四處瀰漫的各種食物香味、絡繹不絕的熱鬧人潮、環繞在周圍沒停過的叫賣聲、還有讓人們滿臉歡笑的遊戲攤販，不論哪一種都充滿活力的存在於星期六的夜晚裡。

這個市集位於東螢橋某處，是個現身於城市的巷弄間像是祭典一樣的地方。

不同於一般時間不長的祭典，這種每個星期六晚上都有的市集習慣，似乎在高砂成為殖民地前就存在了。於是，這種習慣也就這麼一路保存到了現今。

搖晃著、移動著，就像手持攝影機般，我的視界隨著麻野芽不斷的穿梭在人群間。

有如餓死鬼般的麻野芽四處從各種攤位上取得食物，而我付帳的雙手也沒停過，這景象中的我就像伺候著大小姐出遊的僕從一般，可真是前所未有的體驗。

「這個好好吃……嚐一口吧！」左手同時拿著鯛魚燒和烤魷魚，麻野芽就這麼將右手的糖蘋果遞到我嘴邊。

面對視界中被麻野芽咬下一口的糖蘋果，稍稍避開被麻野芽咬過的部分，我輕輕咬下那被糖衣包覆的晶瑩表面。

真的，很甜呢。

「嗯？是在逃避和我間接接吻嗎？真純情呢你——」

「我說妳這狡猾的表情是怎麼回事？」

「哦哦那個！等等、幫我拿著——」

「咦咦？」忽然，將手上的食物統統交給我，麻野芽看似雀躍的移動腳步，最後來到某個攤位前。

那是個有著各式各樣的贈品、稍微有些特別的攤位。

從零食玩具到布偶、從飾品電器到大型家電，五花八門的禮品擺放在攤位後的階梯狀檯面上。而客人們要做的，就是使用手中直徑約八公分的圈圈套中贈品、或是象徵贈品的標示物。

目不轉睛的，麻野芽似乎將視線鎖定於某個玩偶上，那是個有些類似瑪諾但卻有手足，有著單獨大眼造型的綠色絨布玩偶，好像是最近上映的動畫電影角色之一吧？

接著，從老闆那接過了圈圈，只見麻野芽調整著姿勢，一副勢在必得的模樣。

稍稍踮著的腳尖、慢慢微彎的膝蓋、微微翹起的臀部、用左手撥開了從左肩垂下的髮稍，麻野芽在對右手拿著的圈圈輕輕呼了口氣後，就這麼扔了出去。

離開手指末端的圈圈就像飛盤般的向前滑去，猶如飛碟滯空滑行的圈圈就這麼一路劃出優美的拋物線，接著緩緩的一邊飛梭、一邊降落，最後……

熱鬧的夜間市集中，我與麻野芽正坐在某個紅豆湯攤販的街邊座位上。

「真是的，居然為這玩意兒連續丟了二十幾次……」

「因為這個實在是太可愛了嘛。」

一邊看著將大眼玩偶捧在大腿上、吃著溫熱紅豆湯的麻野芽，我一邊回憶著幾分鐘前，麻野芽在無數失敗後還是不斷挑戰套中眼球玩偶的情景。

「不過，不能親手套中果然還是很遺憾呢……」

「畢竟那時候的氣氛太尷尬了嘛——」面對麻野芽有些遺憾的表情，我無奈的回話。

當時，由於麻野芽實在是挑戰太多次了，搞得連我都得下去幫忙丟圈圈，最後甚至連四周的遊客都聚集圍觀，讓站在一旁的我尷尬得不得了——在這種情況下，於是我索性直接向老闆把那布偶買下來了。

畢竟我最害怕的，就是那種尷尬的氣氛嘛。

「結果，你這個人好像還挺愛面子的嘛！」

「有嗎……」

「當然有啊，就是因為──」

「對了，妳之前說過妳是『獨立魔法師』還有『結社』什麼的，這是什麼意思？」

「那個啊，所謂的結社，就像是許多魔法師組成的職業工會或自治會一樣，魔法師在其中共享資源，利用結社的資源協助研究、並交流研究而產生互利關係等等。」

「也就是說，妳沒有加入那樣的組織中？」

「嗯，畢竟『瑪諾召喚法』本來就是一門鮮少有人接觸或研究的魔法，而魔法結社又通常是建設在擁有相同魔法流派的基礎上。」

「風格？流派？」

「之前有說過吧，魔法師透過魔導線接通某個波長，藉此從宇宙彼方的能量體那借取能量。」

「嗯，有印象。」

「使用相同或類似的波長、向同樣的能量體借取力量，這就是流派。如果要達到互利的結果，與擅長同樣方向的人合作是理所當然的吧。」

「原來如此，所以妳……是怎麼學習到魔法的？」

「嗯……說來話長，總之是從被稱為『瑪諾的四月Mano April』的人那裡學來的。繼承在四月之後，因此我是『瑪諾的五月Mano May』，簡單來說就是像稱號的東西啦！不過學習過瑪諾召喚法的魔法師、也就是『Mano Month』，通常都是單獨行動的，因此我也不知道那傢伙現在在哪呢。」

滔滔不絕的說完後，麻野芽舀了最後一口紅豆湯進嘴裡，然後一臉幸福的模樣。

「這麼說起來，『麻野芽Mano May』這個名字是假名吧？」

「嗯，沒錯，不過我是不會告訴你我本來的名字的哦。」

「咦？為什麼？」

「嘻，因為我是魔法師嘛。」

「這是什麼理由啊……」

「那麼走吧，該回家了。」

無視我無奈的話語，麻野芽擅自從攤位上起身。

一邊在攤位邊結帳，我看了眼似乎已經滿足了而伸著懶腰的麻野芽。

「對了，剛剛還沒說完呢……」

接著，我的視界與她對上了，她帶著純粹的微笑對我說道——

「我說你啊，實在是太在意別人的眼光了啦！」

「……」

我說，這種直擊心房的感覺是怎麼回事？

第三章
百目鬼所見的一切

不知不覺，寶貴的週休假日已經來到星期天了。

這兩天由於與鐵破學姐的約定，完全沒有時間做自己事情的我，在時間來到下午的現在，一如往常的跟在她後頭。

「到底還要多久——你說的那個地方？」

「也差不多時間了吧。」一面對耗費將近一天時間卻仍一無所獲、似乎已經失去耐心而催促著的鐵破學姐，我看了看時間後如此回答。

沒錯，今天早上一見到鐵破學姐，我就對她說了傻也在電話裡提起的、地下鐵路工程工人接連昏倒的事情。

而鐵破學姐的反應當然是要我立刻帶她到那裡去看看。不過，如果作亂的妖怪真的是潛伏在那裡的話，萬一發生了戰鬥或什麼緊急事態，波及到假日還在辛勤趕工的工人們就不好了。而且那種超自然的現象，似乎也不方便被人看見吧？

於是，我建議鐵破學姐到收工時間之後再去一探究竟。

現在也差不多是時候了，於是我領著鐵破學姐，往地下鐵路工地的方向去。

並肩走在西螢橋的街道上，鐵破學姐短髮下的標準美人臉龐，這時候緩緩轉向我。

「說起來，昨天我提早放走你……你應該沒背著我做些不該做的事吧？」

她帶著像是刑警的口吻，宛如在盤查我一般。

「當然沒有……」維持冷靜的表情，我如此回答。

事實上，今天一早起床，我做的第一件事就是上網瀏覽有沒有女性連續凶殺案的新案情，畢竟要是在我脫離鐵破學姐視線的時段出現了新的犧牲者，那我肯定會被她篤定的認為是犯人吧——不過幸好沒有就是了。

至於和麻野芽一起在外吃晚餐，在我認為這不算不該做的事，所以我不算說謊吧？

「說起來，雖然工人們無故昏倒是很可疑，但能將人殺死的妖怪居然只是讓人昏倒，這不是很奇怪嗎？」

「這可不一定，得視妖怪的種類而定。」

「種類？」

「如果是由自然而生的妖怪，通常不會挑選目標，但若是人類的執念化成的妖怪就說不定了。」

「……？」

「想做些什麼的遺憾、想報復的仇恨、無法釋懷的冤屈或想法，人類的執念會指向特定的人事物，這類妖怪就是依循著這種執念的方向去行動的。」

「所以說這個妖怪有可能是對女性懷恨的類型嘍？」

「有可能。而工人們的狀況如果是妖怪造成的，恐怕是他們被吸收了氣，導致體力不支吧。」

「吸收？」

「為了積聚作為能量源的氣，而對目標外的對象下手，但因為沒有針對那些對象的執念，所以沒有下殺手。」

「積聚氣？為什麼這麼做？」

「恐怕是——想要獲得足夠的力量突破結界吧。」

隨著鐵破學姐做出了推論，我們來到了目的地。

由於之前曾經和俊也來過工地巡視進度，所以大多數工人們也知道我的身分，因此我與鐵破學姐並沒有被擋下來。

稍微向陸續離去的工人們打了招呼，這個時候我收到了工頭似乎還在工地裡的訊息，好像是為了檢查機具是否全數關閉之類的原因。

於是，搭乘臨時設置的工地升降梯，就像呼應著作為城市背景的夕陽般，我與鐵破學姐緩緩的來到位於地面下的地下鐵路的管道中。

這個時候，我從鐵破學姐那張臉龐上看見了變得嚴肅的神情。

「果然有妖氣的蹤跡。」沉穩的聲線，鐵破學姐說著自己所察覺到的狀況。

「居然真的有嗎……」我邊說話邊忍受密不透風的窒息感，然後將視界向前穿梭。四處擺放著施工機具，只有幾盞照明燈的光源照耀著有些昏暗的地下管線，水珠滴落的聲音在空間中產生了回音迴盪，彷彿永無止境向前延伸的管線，彼端的燈火忽明忽暗。

「跟上！」忽然，迅速的移動腳步，鐵破學姐朝著地下鐵路管線的彼端奔去。

我趕緊邁開步伐，拚命的跟在鐵破學姐身後。視界中所見她一直握著的、被裝起來的傘，此刻傘柄的部分已經從袋子中露了出來，暗示著隨時要展開戰鬥的訊息。

沿著沒有使用過的電車軌道奔跑，跑了有一百公尺？還是兩百公尺？隨著汗液出現的疲憊感，我不知道自己究竟跟著鐵破學姐跑了多遠，就在這個時候——

「呼……」

我一邊喘著氣，一邊看著視界中停下腳步的鐵破學姐。在稍微遠一點的彼端，正有個人影倒在那裡。

來到鐵破學姐身旁，我透過忽明忽暗的照明燈確認，倒下的人是負責管理這個工地的工頭沒錯。

「看來，已經成長到『邪念鬼』的程度了啊。」

然而，鐵破學姐的視線卻沒有停在倒下的人身上，而是在那人之後更遠的彼端。

鐵破學姐……究竟在看著什麼！？

「邪念鬼是？」

「就是飽含了過多惡意的妖怪，傷害人類並吸取被害人的怨念與氣，藉著不斷重複這樣的過程，會變得越來越強大。」

隨著鐵破學姐的答覆，忽然間，位於地面下的這裡竟然吹起了風。

「現身吧——妖怪。」

就像企圖殺死我的那個時候一樣，鐵破學姐的左眼此刻透著猶如月光般的淡淡光芒。

下個瞬間，似乎有某個「存在」，在我前方的視界中逐漸浮現出輪廓——

凝結著、流轉著、聚集著、變化著，就像無數從虛空之中現身的粒子正不斷重疊著建構出一個輪廓——

「這是什麼！？」

我透過視界觀察著那個存在，剎那間，一股莫名的反胃感湧了上來，接著襲來的是全身上下止不住的顫抖。

猶如毛蟲般有著多段的龐大身體，就像是一截一截的電車車廂，那個存在的表面由乾枯蒼白的皮肉構成，簡直像是屍體般毫無血色的那種質感。存在於身體每截段落的兩側則布滿了無數的斷肢手腳，就像蜈蚣足一樣令人噁心的蠕動著。

對比於龐大的身體，那個尚且被稱作頭部的地方，存在著和身體一樣乾枯的、赤裸著的女人上半身，漆黑並往前垂下的長髮就這麼蓋住了面孔。

「果然，妖怪全都是令人作噁的存在呢！」抽出了傘，鐵破學姐一邊謹慎的向前、一邊讓風纏上了傘，俐落的短髮微微飄起。

「鐵破……瞳……」猶如重低音般鼓動著空間，那低沉沙啞的聲音就像野獸咆吼前的聲線般，從那令人毛骨悚然的怪物方向傳來。

為什麼？為什麼那個妖怪會知道鐵破學姐的名字？

「妖怪沒有資格喊我的名字！」

下一瞬，就像用風壓將自己彈了出去！鐵破學姐輕靈的身子滯於空中向那怪物飛梭而去。而鐵破學姐拖在身後的那把傘，則像是被壓縮的風包覆住，出現了鐮刀般的輪廓！

在接近怪物頭部的那瞬間，隨著被猛然揮出的風之鐮，赤裸的女性半身與龐大怪物的身軀之間被切斷了連結！

隨著像是腐肉摔在地板上的聲音響起，那趴倒在地面上的半截身體扭曲著，從斷面露出的肉芽拚命蠕動，蒼白乾枯的十隻手指也看似痛苦的猛抓著地面。

然而，下一刻——

那失去了頭部的龐大身軀竟然竄動了起來！

有如百足蜈蚣般的移動方式，稍稍抬起的半段身體似乎想輾向剛剛落地的鐵破學姐！

「──！」

瞬間，回過身的鐵破學姐驟然打開了傘，傘面上頭的符文彷彿呼喚著風，接著在她面前張開了一道風之壁！

被猛烈的風壓推開，怪物巨大的身軀整整翻了一圈後才落地。

一邊將陷入昏迷的工頭拖到一旁的機具後掩蔽安置，同時我的視界不敢移動的固定在那怪物的身上。

怪物斷成兩截的身體各自翻動著，然後從雙方斷面中竄出的肉芽彼此糾結著、拉扯著，下一秒怪物恢復了原本的姿態，那蒼白的女人半身竟和龐大的百足軀體重新接合了。

佇立在怪物的另一端，緩緩將傘收起的鐵破學姐也看著這一幕。

「竟然有這種回復力……已經積蓄了那麼多妖氣嗎？」一邊皺著眉頭，鐵破學姐輕輕開合著雙唇細語。

「殺了妳……鐵破瞳──殺了妳！」

隨著怪物的低吼忽然轉為咆哮，那巨大的身軀轟然的動了起來！就像甩出尾巴般，那後半段身軀在地面留下深刻的磨痕後，猛力的掃向鐵破學姐！

只見鐵破學姐一個躍步踩上了一旁的牆面上，接著藉由對牆施力的反作用力，將纏上颶風化為大刀的傘向怪物斬去。

然而，怪物的無數斷肢手足劇烈的蠕動起來，突然以與身體大小極不協調的速度移動了位置閃躲斬擊，並很快攀上了另一端的牆面。最後，竟一路攀附著牆面來到天花板上。

後半段身軀攀附著天花板，前半段身軀連接著半截女人身體自然垂下，那怪物現在就像攀附在網上的蜘蛛般，虎視眈眈的盯著被視作獵物的鐵破學姐。

此時，正當鐵破學姐抬頭仰望著怪物的同時，從怪物前半段身體、接近腹部左右的位置，竟打開了一張巨大的嘴！

接著，某種黏稠的紫色液狀物竟從嘴裡吐了出來！

「！」

見狀連忙向後退了幾步躲過那些液體，停下腳步的鐵破學姐再度來到了我身旁。

腐蝕著地面冒出陣陣煙霧，並散發出令人難受的惡臭，原本應該擊中鐵破學姐、如今卻灑在地面上的那些紫色液體，似乎是某種腐蝕液。

我觀察著那些腐蝕液的瞬間，就像不願給予喘息時間般，那怪物竟一路爬著天花板疾速朝我們這裡接近！

注意到了動靜，鐵破學姐立刻調整姿態備戰。這個時候，我在視界中看見了——那怪物身體兩側的許多手足，就像伸進水面般沒入天花板的水泥質地中，最後……

無數蒼白、拉長延伸的手臂，各自緊繃著手指從我們周圍的地面竄出！

就像試圖掐向鐵破學姐的喉頭——那些手臂以鐵破學姐的脖子為圓心聚集！

「呿！」

然而，揮舞著由風構成的太刀，鐵破學姐俐落的將其一一斬斷！

但是，怪物的攻擊還不只如此——

「鐵破……瞳……！」

隨著震耳的咆吼，怪物那張血盆大口再次吐出了紫色的腐蝕液！

猛力的將我向後推開，鐵破學姐迅速的將傘面張開，夾帶破壞性的風暴驟然而出，吞噬了腐蝕液！那是守護著鐵破學姐猛烈迴旋的風。接著，那些颶風逐漸建構出了輪廓。

「給我撕裂它，一目天瞳！」

暴風之龍發出了狂吼，猛烈迴轉的身軀宛如要撕碎周圍的一切，一路朝天花板上的怪物衝鑽而去！

痛苦的嘶吼與風的呼嘯震盪了整個地下鐵路管道，那驚人的破壞力幾乎撼動了地面。被猛烈的暴風拉扯、撕裂、絞碎，那怪物的身軀瞬間化成了無數肉塊，最後隨著同時被破壞了的天花板水泥塊一同落地。

透過被開了個大洞的地下鐵路管線天花板，皎潔的月光就這麼照了進來，投射在滿身水泥塵灰、有些狼狽的擦著額頭汗珠的鐵破學姐身上。

完成了驚人的破壞，一目天瞳像是被吸走的煙霧一般，鑽進了鐵破學姐收起的傘中。

目睹了這一切的我，這時候該說些什麼呢？該過去說聲「真是辛苦了」？或是說「應該沒有理由繼續懷疑我了吧」之類的話？

然而，正當我思考著該如何上前搭話的同時——某個身影卻在這個時候出現了。

「哎呀哎呀，還真是狼狽呢……」

操弄著嘲諷的口吻，右手被飄浮著的綠色瑪諾纏繞、左手提著尺寸相當大的行李箱，那身影就這麼從天花板的那個大洞降下。

祖母綠的瞳孔、稍稍揚起的粉嫩嘴唇、被風吹動的金色瀏海、身旁環繞著各種顏色的瑪諾，那張白皙剔透的面容泛著自信的笑意——

「又見面嘍，雨傘女。」

降落在那猶如小山般的水泥碎塊上，那是麻野芽。

她想做什麼？

「異端！」瞬間，一絲憤怒爬上了那張美人臉龐，鐵破學姐冰冷的視線緊盯著面前的麻野芽。

「千萬別說我卑鄙哦，我可是特地等妳了結了那個怪物之後才出場，這應該不算趁人之危吧？」

「妳這傢伙……一直在監視著我的行動嗎？」

「監視？我認為那稱作關心哦。」

「別說些令我反胃的話！」

麻野芽這傢伙居然挑這種時候出現……要是鐵破學姐一個不開心就殺了我怎麼辦？不過，從鐵破學姐的反應可以知道，她似乎還沒察覺我與麻野芽仍有聯繫的事。

「別這麼說嘛，我可是相當期待與妳的重逢耶。」

「我會讓妳對這個想法感到後悔的。」

「那妳可以好好努力哦，畢竟為了徹底解決妳——」隨著手勢使喚著瑪諾向前，麻野芽輕輕躍下水泥碎塊堆，「我可是下了重本吶。」

驟然，身旁綠色與赤色的瑪諾同時張大了嘴，詭異的青炎與炙熱的紅焰像是兩道布幕，從兩側朝著鐵破學姐燒去！

不過，似乎還記得那青炎的特性，鐵破學姐做出了相襯的應對——

在身旁颳起的風先是吹散了右側的紅色火燄，鐵破學姐靈敏的步伐向右邁出，閃過了無法吹滅的青色火焰後，緊握著由風在傘上構成的長矛朝著麻野芽突刺！

將風壓縮而成的矛尖貫穿了空氣，越過了三公尺的距離眼見就要刺穿麻野芽。

踩在被瑪諾觸手纏繞的行李箱表面上、依靠著數頭瑪諾的拉力迅速滑動，麻野芽在下一秒瞬間拉開了距離！

「就讓妳見識一下吧，瑪諾潛藏的力量。」遊刃有餘的停了下來，麻野芽已經從口袋中掏出數個玻璃罐。

接著，她將玻璃罐輕輕扔出……

「——『Evolved Summon』！」

一口咬下！身旁飄浮的淺藍色瑪諾與綠色瑪諾，各自將數個裝有眼球的玻璃罐吞下。剎那間，被踩著的行李箱表面，沿著那上頭陳舊斑駁的紋路，竟出現了微微發光的魔法陣。隨著這道光芒，吞下眼球的兩頭瑪諾竟化成許多光點，並且融在一起。

「！」面對麻野芽未知的攻擊手段，鐵破學姐再次令夾著暴風竄出傘的一目天瞳謹慎的環繞在自己周圍防備。

下一秒，我的視界穿越了風與光，目睹了從未看過的瑪諾的姿態——

合、合體了嗎？

不對，那樣的姿態不僅僅是合體這麼簡單。

無論是龐大的本體或六隻觸手，都被分布不均、厚實堅硬的岩石盔甲包覆住。其中一對觸手的表面上有著像是排氣孔、又像是章魚吸盤的突起洞孔，詭異的青炎正從裡面燃起。另外一對觸手的末端則有像是鉗子般的輪廓，中間還嵌著眼球；而凶狠的鮮紅色巨大單眼下，那張嘴裡的牙齒看起來又大又硬，彷彿連岩石都能輕易咬碎。

「痛快的上吧，『燭臺瑪諾』！」

拖曳著淡藍色的火焰殘光，隨著麻野芽向前指揮的右手，被稱作燭臺瑪諾的存在朝著鐵破學姐飛梭而去！只見鐵破學姐在一秒內讓一目天瞳纏上手中的傘，化作一把巨大的砍刀後立即揮出，試圖要將對手劈成兩半！

然而，就在銳利的風之刃砍上燭臺瑪諾身體表面的瞬間，隨著一聲尖銳的堅硬物碰撞聲響起，鐵破學姐竟被反作用力向後彈開！而燭臺瑪諾居然一點傷痕都沒留下。

「還真硬——」鐵破學姐一邊咬牙說道，纏繞在她傘上的龍捲，迅速的改變著輪廓。宛如風的鍛造師，下一刻，一把龐然的巨大風之戰鎚出現在鐵破學姐的手中。

不過，就在同一個瞬間，不斷猛力開合的燭臺瑪諾那鉗狀的觸手已經驟然伸出，企圖將鐵破學姐的雙手連骨帶肉夾斷！

瞬間，風之戰鎚朝地面噴發了猛烈的風壓，那股力道使鐵破學姐纖細的身體驟然飄起、躲開了那對鉗狀觸手，並順勢就這麼往燭臺瑪諾的本體轟然一砸！

強大的力道震撼了地面，轟隆的巨響震耳欲聾，在揚起的陣陣塵煙中，鐵破學姐輕緩的移開戰鎚。

視界中，遭受猛烈一擊的燭臺瑪諾幾乎陷在地面被砸出的大窟窿中，包覆在身體上的堅硬盔甲似乎碎了不少，那隻紅色單眼像是透露著痛苦的模樣。

「居然還活著——」只見高舉著風之戰錘，那是打算再次給予打擊的鐵破學姐。

然而這個時候，蠋臺瑪諾燃燒在觸手上的青焰卻突然拚命的噴發出來！

鐵破學姐急忙連續退了幾步，但那些青炎卻像有生命般的移動著燃燒路徑追擊！

於是，在下個瞬間鐵破學姐做出了決定。

手中的風之戰錘驟然失去應有的輪廓，但從其中大量釋放的氣壓竟像噴射器般，推動著鐵破學姐的身體向前疾梭！飛快穿越了跟不上速度的青炎，雖然還是稍微被些許青炎沾上而面露痛苦，但下個剎那鐵破學姐已經帶著衝力來到燭臺瑪諾面前。

張大了嘴應對，燭臺瑪諾似乎想就這樣直接咬碎鐵破學姐。

然而，在倏忽的飛行中就完成了再建構，鐵破學姐手中的巨大風之槍狠狠地刺進了燭臺瑪諾的嘴裡並貫穿身體，隨著一陣猛烈的迴旋，風從內部撕裂了燭臺瑪諾！

此時我的視界中，遠在彼端的麻野芽仍佇立在散發光芒的行李箱上。

她的身邊又再次飄浮著從未見過的存在，似乎是趁著方才戰鬥的空隙中召換出來的。

「居然還是被妳解決了，不過這個『光吼瑪諾』……」一邊說著，她一邊輕撫身旁的存在。

就像是魚一般的飄浮洄游在空氣中，那頭瑪諾的無數觸手連接、縫合著明顯不屬於自己的「身體」。有別於本體的質地，那段連接在本體後的長條魚型身軀，就像是用各種不同的碎片縫合而成，看起脹得鼓鼓的，似乎塞滿了什麼。

而牠本體的單眼下、那張撐開的大嘴，正凝聚著無數發光的粒子。

「是不會讓妳失望的哦！」

「這是——！」

下一秒，強光在光吼瑪諾的嘴中乍現！一道極具毀滅力的光束筆直射向鐵破學姐！乍然散出的強光溢滿整個空間，照亮了地下鐵路管線。

似乎遭到光束淹沒的鐵破學姐，則被隱藏於命中後爆炸產生的濃煙中。

「哼，受到這樣的一擊，就算是那個雨傘女也——！？」看著濃煙得意的說道，然而麻野芽的表情卻在下個瞬間忽然產生變化。

視界中被風吹散的煙霧，從那之中展露姿態的，是一面由風扭曲著空氣組成、巨大又厚實的盾牌。

將傘撐在地面佇立在風之盾後方，毫髮無傷的鐵破學姐目光冷冽。

她居然擋下了那樣的一擊！？

此刻，視界彼端的麻野芽露出了有些感到棘手的表情。而在她身邊的光吼瑪諾，那縫合而成的身軀比起方才似乎萎縮了不少。

「雖然不能確定，不過看那怪物的樣子，恐怕短時間內不能再次釋放光束了吧？」

「呿……」隨著麻野芽不悅的咬牙，一邊再次從口袋掏出玻璃罐。

飄浮在身旁的光吼瑪諾再次張大了嘴，許多光暈再次凝聚於嘴中，看似一點一點被儲存在那乾扁的身軀中。

「果然需要準備時間，不過妳以為——」鐵破學姐一邊說道，一邊緊握著傘，一目天瞳的龍捲身軀再次改變了輪廓。

就這麼被鍛造出來了，隨著左手橫握的傘，巨大的風之弓浮現在像是緊拉弓弦的鐵破學姐胸前。而數枝雖然透明、卻些許顯露著輪廓的風之箭，也緩緩出現在被拉緊的弦上。

趁著這個空檔，麻野芽悄悄在身後扔出的玻璃罐，分別被白色、黃色、紅色的三頭瑪諾一口吞下。

「妳以為我會給妳這種餘裕嗎？」語畢，隨著鐵破學姐鬆手的弦，數枝風之箭矢穿破了空氣、朝著遠方的麻野芽疾飛——

「靠你了——『三結瑪諾』！」麻野芽緊繃著神經叫喚。

某個存在於同一時間，從三頭瑪諾凝結而成的光芒中現身。

被某種引力吸引而聚集的無數鋼筋，化作了宛如牆般的屏障擋下了風之矢。視界中鋼筋的接縫間，似乎還能看見閃爍游移著的電絲。

那是——電磁力？

下一秒，似乎失去了彼此聯繫的吸引力，隨著飄然消失在空氣中的風之矢，鋼筋紛紛落地發出響亮的聲響。

遠在彼端的麻野芽面前，飄浮著什麼——

白色的、被薄冰覆蓋身體的瑪諾；黃色的、有著避雷針般尖角的瑪諾；紅色的、嘴裡吐著灼熱氣息的瑪諾。

三頭瑪諾就像連體嬰般、被互相連結在一起，雖然還保有變化前的特徵，但從外型與眼神上看來似乎都強悍了不少。

忽然，就在我透過視界觀察三結瑪諾的同時，見到風之箭矢被擋下的鐵破學姐即刻衝了出去！

手中纏上傘身的風再度流轉、再度變化、再度建構。

眼見鐵破學姐襲來，麻野芽揮動雙手使喚著三結瑪諾，下一瞬，火紅的瑪諾猛然張開嘴，噴發出一道赤色烈焰！

然而，那道烈焰不斷被纏繞在鐵破學姐身體周圍的狂風吹散，那些火燄完全無法阻止鐵破學姐的接近。

「去死吧，異端——」於是，由風構成的巨大狼牙棒，就這麼在鐵破學姐手中被鍛造完成，隨著她毫無減緩的疾奔，眼見就要連同三結瑪諾一起重重揮下！

忽然，白色的瑪諾從眼中發出某種射線！

隨著凝結的聲音響起，連同從腳步傳來的寒凍觸感，鐵破學姐忽然停下了腳步——或者應該說，被停下了。

蔓延著地面的寒霜一路攀上鐵破學姐，凝結成將她雙腳包覆的冰磚。

雖然很快的，鐵破學姐粉碎了那些寒冰並掙脫，但在這段被限制行動的瞬間，麻野芽已踩著被三結瑪諾拉動的行李箱，迅速的從鐵破學姐的身邊擦身而過。

與鐵破學姐交換了位置，麻野芽佇立在行李箱上的背影出現在我的視界中。

「與妳的戰鬥真的很有趣呢。」站在不久前降落的水泥碎塊堆旁，麻野芽一邊打開行李箱拿出玻璃罐，一邊帶著微笑說道。

而她身邊的光吼瑪諾依舊凝聚著光點，連接本體的身軀也稍微大了些。

「妳覺得呢？雨傘女。」

「想拖延時間讓那怪物準備就緒嗎？我不會上當的——」

「妳果然很難聊天呢。」

緊接著，風暴捲起了鋼筋、捲起了滿地的砂塵飛石，從鐵破學姐背後現身的一目天瞳，再次以龍的姿態出現並發出咆吼。

面對看起來相當認真的鐵破學姐，麻野芽緊緊的將玻璃罐夾在指縫間，試圖再次召喚新的瑪諾。

「雨傘女，我可是為了妳又再次將存貨耗盡了啊！」

「我可沒拜託過妳這種事。」

這個時候，在看著兩人如此對峙的同時，我的視界中，接下來幾秒鐘的畫面就像被無限放慢了一般。

震動著、抖動著，麻野芽身旁的那座小山般的水泥碎塊堆產生了變化。

「總之這次，絕對要一口氣將妳——！？」

闖出來了！

突破了束縛，某個龐大的形體在一瞬間甩開了無數的水泥碎塊，讓那令人顫抖的身軀再次存在於我的視界中！

就像失控的野獸般、就像掙脫枷鎖的猛獸般，那是不久前應該被鐵破學姐、被一目天曈撕裂成無數肉塊的那個怪物。

就在水泥堆中，趁著麻野芽與鐵破學姐戰鬥的空檔，趁著我將視界鎖定在她們身上的時候，悄悄回復著、痊癒著、重整著，那頭怪物如今恢復了應有的姿態——微微抬起的前半段軀體，隨著咆哮而張開的巨大的嘴，以及身軀兩側無數竄動的斷肢手足。

下個瞬間，那個畫面就這麼在我眼前發生了。

「咦？」隨著被巨大黑影籠罩著，麻野芽發出了疑問聲。

那位於腹部、有如撕裂般張裂的怪物巨口，將麻野芽連同她身旁的瑪諾一口吞下了！

「咦？麻……麻野芽？」

就在這還不到一秒的瞬間，麻野芽的身姿，就這麼從我的視界中消失了。

取而代之的，是那頭將她吞下的怪物猛力躍起攀到牆上的身姿。

「……」面對這個從沒料想過的展開，我的思緒與行動無法跟上眼前的事實，於是就這麼呆站在原地看著。

看著麻野芽已經不存在的、除了空氣與塵煙便空無一物的那裡。

看著攀上牆後、順勢爬上天花板上那個大洞的怪物，就像急著往哪裡去一般。

「居然還活著——」被打斷了與麻野芽的勝負，但卻依然冷靜的理解狀況並迅速做出判斷，鐵破學姐用力的一把抓住我的衣領。

忽然，被風圍繞著、某種飄浮的感覺，我的身體像被風與透明的空氣抬起。

「得阻止那怪物再去傷人才行！」

隨著鐵破學姐的話語，下一瞬，被風向上彈起的我們已經穿越了那個大洞，重新回到了地面上。

◎◆◎◆◎◆◎

地面的觸感、落地的感覺，從視界中所見，現在我與鐵破學姐正佇立於一座工地中。懸掛在夜幕的月光輕輕灑在我們的身上。前方是由無數鋼筋所組成的建築雛形，這是將來要作為地下化後的鐵路、新電車站使用的建築。

視界中可清楚看見，那頭吞下麻野芽的怪物，正不斷攀越著鋼筋前進。它正在往街道移動，正在往東螢橋移動。

「那傢伙究竟想去哪？」迅速的奔跑著，持傘的鐵破學姐追擊著怪物的背影。死命跟著跑在後頭的我，直到現在還無法從麻野芽被吞掉的震驚中反應過來。

我的腦海中、我記憶中的視界不斷重複播放著那一個瞬間——

顫動的土石堆、麻野芽的身姿、像是破殼般竄出的怪物、麻野芽來不及反應的表情、猛然張開的血盆大口、被吞沒的麻野芽、準備逃離的怪物、還有……

位於怪物頭部的女人軀體，隱藏在漆黑垂落的黑髮下的那張臉——那張好像在哪見過的臉？

一邊在腦海中的視界糾結於這個思考，一邊我透過現實中的視界看見此刻那頭怪物的輪廓及形體變得越來越稀薄，就像逐漸溶化在空氣中一樣，眼看著已經變透明的狀態了。

「想轉化成氣的狀態隱匿形體嗎？少瞧不起人了！我可是鐵破的幻瞳啊！」

一邊緊追的追在怪物後頭，只見原本飛梭在鐵破學姐身旁的一目天瞳，就像漩渦般的被捲進鐵破學姐左眼中。

接著，即使那頭怪物在我的視界中已經完全消失了，但鐵破學姐卻仍不斷移動著視線、像在追蹤著什麼一般。

看來，即使隱匿了形體，鐵破學姐還是能夠看見那頭怪物。

隨著我們不斷的奔跑，眼見就要跑出工地，來到屬於東西螢橋交界的某個地方。

「結界的邊界就在前方……」冷靜的說著，鐵破學姐的腳步率先跨出工地、並且迅速穿越街道，來到了那個地方。

「那頭怪物已經無路可逃了。」

追到電車平交道前，鐵破學姐緊握著傘，進入了備戰姿態。然而，下一瞬，卻有著什麼在我眼前的視界中發生，或者說，在我視界中的世界中。

空氣被撞擊的感覺，明明眼前什麼都沒有，但我仍能感受到那幅畫面——就像那頭隱去形體的怪物，正用力不斷的撞擊著某面看不見的牆。

「！？」原本打算踏進平交道的鐵破學姐卻忽然停止了動作。

那是被什麼畫面震驚了的姿態。

同一個瞬間，平交道的護欄緩緩放下，某種嘈雜的聲音從遠方接近。

隨著鐵破學姐的面孔換上稍稍驚訝的神情，我忽然感受到某種「看不見的牆在空氣中轟然碎裂」的感覺。

同時，周圍的氣流似乎正微微顫動，然後迅速的穿越平交道，去向另一端。

「居然硬是突破了結界……這究竟是什麼樣的執念？」雖然想立刻追上去，但卻辨不到，只能帶著不敢置信的語氣說道，鐵破學姐呆看著阻斷了追擊去路的、飛快遮蔽眼前視線的電車。

但在這一刻，隨著眼前所見的視界，似乎有什麼在我的記憶中復甦——

視界中的平交道、放下的柵欄、呼嘯而過的電車聲響、站在平交道前的鐵破學姐……

於是我想起來了，想起了那張臉。

一瞬間，那張臉孔、那個人的面容、那個人說話的聲音、那個人曾經的姿態、那個人在記憶中存在過的畫面，像一口氣全部擠進我的腦子裡猛烈攪拌一般。

（喂？聽得到我說話嗎？阿伊人？）

（嗯！？）

忽然，被打斷了思緒，某個聲音出現在我腦海中。

（我是麻野芽，我現在正在一團肉堆中和你說話……嘛、真是有些噁心。）

（妳沒事嗎！？）

就像在耳邊說著般的清晰，那的確是麻野芽的聲音。

（在那瞬間躲進光吼瑪諾的身體裡了，不過再不想辦法出去，遲早會被分解掉呢。）

（為什麼、為什麼我能聽到妳的聲音？）

而且非常奇妙的，我竟然能在心中和她對話。

（我是透過偵視瑪諾和你通話的，那傢伙的能力其實很方便呢……不對！現在不是閒聊的時候！）

（所以，妳現在正在那頭怪物的肚子裡？）

（沒錯，如果能召喚瑪諾也許可以脫困，不過很不幸的，剩下的眼球在那瞬間來不及抓緊，現在全被分解掉了……糟糕！好像快要超過通訊範圍的極限了！）

忽然，麻野芽的聲音變得越來越小，幾乎快要聽不到……

（我該怎麼做！？）

（帶雨傘女——找到這頭怪物——）

最後，麻野芽的聲音完全消失了。

「居然突破了結界……這下要找到有點困難了。」平交道旁，鐵破學姐露出有些煩惱的表情。

「鐵破學姐，我剛剛看見了……看見了那個怪物的臉。」

「？」

「不會錯的，絕對是她……」

一邊向鐵破學姐解釋，我一邊將記憶中的那張臉孔，以及剛才見到的、怪物的臉孔，重疊起來——

鈴原美紗。

「那張臉絕對是不久前在這個平交道自殺的鈴原沒錯。」

「等等……你說自殺？」吸收了來自於我的情報，鐵破學姐忽然緩緩的在平交道前徘徊，並謹慎的觀察著平交道四周。

「我果然不夠成熟，竟然沒發現這裡的變化……」稍稍有些自責的語氣，鐵破學姐緩緩開口。

「變化？」

「這個平交道，發生自殺的事件已經不是第一次了。」

「……？」

輕輕吸了一口氣，鐵破學姐解釋道：「車子經過的聲音、人煙吵雜的聲音、電車聲響及緊示聲，由於多種的聲音巧合重疊，使人們心靈脆弱或思想混亂時，對腦部下達一種由聲音頻率所構築成的暗示，進而結束自己的生命。這裡就是這種地方。」

「所以鈴原不是第一個……」

「因此，這裡的氣曾經徘徊著許多執念，明明沒有足以去死的理由，卻在當下迷迷糊糊的選擇死亡，在消逝前的後悔感與恍惚就這麼化成了執念逗留在這裡。」

「妳說『曾經』？」

「嗯，那些飽含執念的氣已經全部消失了。」

「這和那個怪物……和鈴原有什麼關係？」

「因為那些只是死者的恍惚迷惘造成的無害執念，所以別說變成妖怪了，就連為了什麼存在的理由都沒有。但是，恐怕那個女孩為它們帶來了方向……」

「方向？」

「這只是推斷，如果那個女孩懷抱著強烈執念，例如復仇或恨意等等在這裡死去，原本無害的執念氣場就會因為這股執念產生方向性、進而被吸收……如果真的是這樣，那頭怪物會有那種復原力就說得通了。」

一邊聽著鐵破學姐的解釋，我一邊回憶著最後見到的鈴原的表情。

那絕不是迷惘或恍惚什麼的，那是貨真價實的悲傷。

「如果真的如學姐的推斷，也就是說，只要弄清楚鈴原自殺的理由，就能知道她打算去哪？做些什麼吧？」

「是這樣沒錯，執念的理由與方向確實影響了執念妖的行動方向。」

一邊向鐵破學姐確認著，我一邊思考著自己所能做到的事。

最後，默默的在心中得出了答案。

「你……在做什麼？」

無視鐵破學姐的叫喚，我匆忙的來到街道的牆角邊，就這麼盤腿坐了下來，然後迅速從背袋中拿出了平板電腦、並裝上拆卸式的鍵盤，轉換成筆記型電腦的型態。

接著，視界緊緊盯著螢幕，十根手指頭猛烈敲打著鍵盤。

漸漸的，彷彿感到失去重力、身體浮現某種一路沉進海中的感覺。

宛如透過敲打著鍵盤的雙手、透過視界中的螢幕畫面，我的意識像是陷入漩渦般抽離，連帶著視界一起被捲進某個世界去——

這就是，我所能做到的事。

◎◆◎◆◎◆◎

視界中除了無盡的黑色，什麼都沒有，甚至看不見自己的雙手。

又是這片黑暗，無邊無際的、宛如沒有盡頭般。

然而漸漸的，像螢火蟲般的細微光點像被點燃般，開始浮現在我面前，漸漸建構某種輪廓。

很快的，那些光點聚在一起，出現了它該有的面貌——巨大的眼球就這麼浮現在我面前，那是——

百日鬼。

「掠奪吧……去掠奪吧……更多更多。」

雖然已經不是第一次見面了，但那周圍布滿血絲的漆黑瞳仁就這麼緊盯著我，催眠般的帶著命令口吻，粗暴的低吼狠狠穿透了我的耳膜。

「一如既往的去掠奪……去掠奪！」

我知道，我知道自己該做些什麼，所以我才來到這裡，來到百目鬼面前。

輕輕閉上眼——我檢視著真正的自己，檢視我的視界，檢視著這個世界。

充斥著視界的虛偽，這個世界非常虛偽。

披著優等生外衣的高中生，然而卻用骯髒的方式獲取金錢，虛偽。

嘴裡盡是滿口大義的教師，私下有著道貌岸然的齷齪興趣，虛偽。

表面上是無話不談的好友，卻匿名在網上寫滿對方的壞話，虛偽。

為了利益攀親附戚的人們，懷抱著目的恭維著的虛假笑容，虛偽。

說一套做一套的官員、戴著正義假面博取民眾支持的政客，虛偽。

所以我掠奪著，掠奪著這些虛假背後的真實模樣。

欣賞著維持高尚形象、那些骯髒傢伙拍的下流照片，愉快。

探索著隱藏在包裝下、那些人們背地裡幹的齷齪事，愉快。

收集懷抱惡意的話語、享受揭發後他們的可笑表情，愉快。

肆無忌憚的掠奪隱私、盡情揮霍著別人埋藏的秘密，愉快。

隱藏著自己真實面貌、取笑著人們對我表象的恭維，太愉快了。

所以，我成為了「Lover」，我成為了唯一擁有權利懷抱秘密的人。

背負著目光，做著他人眼中的自己該有的表現。

所以我成為班級代表，所以我替小栗同學趕走了找麻煩的傢伙，所以我試著替高砂人爭取權益好讓我在鐵破學姐眼中是那樣的人。

背負著期待，扮演著父母眼中應該成為的孩子。

所以我來到高砂地方，所以我成為了家族事業合作夥伴的好友，所以我努力對人擠出虛假笑容好讓自己成為父親眼中優秀的孩子。

一邊掠奪著秘密、嘲笑人們的虛假，一邊將真實的自我埋藏、戴起虛偽的面具。

我是個糟糕得不得了的人，比任何人都還要骯髒、比任何人都要虛偽，這就是我。

所以，百目鬼在那個時候離開了男人，選擇了我。

所以，我就是百目鬼。所以，我要繼續掠奪。所以——

「成為我的力量吧，百目鬼。」

再次張開了眼，那片黑暗已經被全新的景象取代。

這是個充滿絢爛光線的視界，這是個一切由壹與零訊號所構成的遼闊世界——

這裡是網路視界＝世界。

徜徉於電子之海中，我飄浮在全球網路的廣場環視著這裡瞬息萬變的景色。

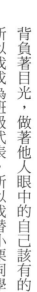

這裡對應著網路存在的一景一物、象徵著網路使用者來往穿梭的無數姿態。

就像是魔術方塊般、就像是互相堆疊的幾何，這個世界由電子訊號構成的所有事物，隱約可以看出其中無數壹與零的排列組合。

「呼……」

深吸了一口氣，我將視界固定在螢橋學苑區域網路的方向，鎖定了目標。

而寄宿於我的百目鬼，此刻正化作我額頭上那發著冷光的眼形圖紋存在。

接著，披上了隱藏真實存在的影之斗篷，我的身軀隨即被模糊輪廓形體的光影遮蔽，連同周圍的光景一同混淆讓人無法看清。

最後，以如光一般的高速向前飛去，就這麼直接穿破了圍繞在校園網路周圍的那堵厚重圍牆——

然而，就在我侵入成功輕緩落地的同時，因為察覺到了不明入侵者而行動、無數試圖排除入侵者的程式衛兵就這麼聚集了過來，並各自凝聚著光芒……

下一瞬，企圖釘住我的、那由光建構組成的長矛猛然射了過來！

不過，我能看見，我能清楚的看見那些長矛間存在的縫隙。

雖然透過平板電腦及行動網路入侵的我，比起過去在速度上有些緩慢，但我仍拚命的移動路徑，讓身體軌跡劃出不規則的曲線，躲過那無數襲向我的長矛！

最後，我就這麼佇立在程式衛兵的包圍中。

緊緊握拳，我深深的吸了一口氣。

緊接著，以我為圓心向外擴散的電子脈衝開始猛烈衝擊著所有程式衛兵！

承受了脈衝波動的震盪，那些外表看似毫無損傷的程式衛兵產生了變化，彷彿被改寫了、混亂了命令，它們就這麼開始互相攻擊。

背對著陷入混亂的程式衛兵們，我再次移動身軀，朝著校園網路的深處飛去。

很快的，我便佇立於一個擁擠的空間，一個有著無數道門的空間。

上千扇各式各樣有著不同外型的門扉，互相不合邏輯的堆疊著、凌亂不堪的存在著。

這些門扉象徵著校園網路使用者們留下的足跡，其中一扇存在著通往鈴原美紗個人電腦的捷徑。

沒有時間調查鈴原的住址，沒有時間鎖定鈴原個人電腦的網路位置，在時間緊迫的現在，從這裡找出捷徑是最快的方法，因此我必須找到它……

我必須藉助百目鬼的力量——

下一瞬間，隨著我猛然張開的雙臂，那些建構著這世界一切的壹與零起了變化！

浮現在萬物表面的、那些排列組合的壹與零，在一瞬間，那些零就像是轉出了眼球的眼窩般發著光芒，變成和我額頭的百目鬼相應的樣子。

接著，那些由零變成的無數眼睛開始大量移動。

像是撲過地面的海嘯般、像是掃瞄著條碼的光線般、像是橫掃戰場的大軍般，它們很快爬遍了這個空間裡存在的所有門扉。

最後，像是分食獵物的螞蟻，那些眼睛聚集、圍繞在某扇門扉周圍。

找到了——

隨著那道門被我打開的瞬間，無數由光組成的眼像是被吸收般的融進我的身軀中。

猛然的跨過門檻，我拖曳著光芒的餘暉飛進由電子訊號構成的通道，在通道的盡頭有著我的目標……

在視界遠方，那是棟毫無燈火、充滿死寂氣氛的建築。

在失去了擁有者的情況下，那棟建築就這麼寂靜的存在於電子荒野的中央，就像死者的墓地一般。

那裡，是鈴原的墓地。

於是，我加速飛行，直接闖進建築之中。

隨著我的到來，周圍的燈火漸漸被點燃，就像重新充滿了生機般。

視界的彼端、裝載死者秘密的箱子就在那裡，於是我催促著腳步前進，然而卻被某個存在擋了下來──

有著如火般燃燒的血紅雙眼，同時存在的三顆頭顱各自發出不甚友善的低吼，厚重結實的尾巴拍打地面發出巨響，刀刃般的利牙以及陷進地面的爪子，伏著的巨大野獸身軀彷彿隨時都會撲過來……

即使主人已經消逝了，卻仍忠誠的看守著。

那是看管著墓穴、守護死者秘密的三頭犬！

但是，為了鈴原可能留下的線索、為了知曉她選擇死亡的原因，我必須跨越它帶來的阻礙。

下一秒，隨著從我斗篷下綻放的光芒，由虛擬訊號所組成的形體瞬間被建構出來，那是和我有著相同外貌的兩個形體。

大步邁開腳步，我和被製造出來的兩個分身，同時往三個不同方向奔進！

然而，就在下個瞬間，紫色的程式之火乍然從看門犬的三顆頭顱中同時噴發！

虛假的分身就這麼分解在壹與零的火燄中，而作為正體的我則猛然向後連退幾步，讓視界鎖定著阻擋去路的三頭犬。

果然沒這麼容易……重整著態勢，我迅速思考著面對三頭犬的對策。

緊接著，隨著倏忽向前張開的手掌、隨著我周身被光芒籠罩的一瞬間——從我身體擴散的電子脈衝猛地朝三頭犬襲去！

只見面對我的攻擊，三頭犬既不躲也不動，並同時讓三顆頭顱發出怒吼，就這麼將脈衝的波動一股作氣打散，而緊接著怒吼的，是如水柱般噴來的紫色火燄！

面對三道意圖將我淹沒在火海中的紫色火柱，我猛力的躍起並滯留於空中。三顆頭顱同時稍稍的抬頭，三頭犬火紅的眼正緊緊鎖定著我……很好！

在放出電子脈衝的同時製造了分身並留在原地，再迅速使用影之斗篷於瞬間完全隱去身形，趁著三頭犬被躍起的分身吸引注意的瞬間，正體的我已經繞到了三頭犬身後，而這個時候斗篷的完全隱形效果也剛好結束。

那麼，就這麼悄悄打開箱子——

忽然，我察覺到了某種不友善的注視感，在回頭的瞬間，三頭犬那厚實的尾巴猛然襲來！幾乎將視界完全淹沒！

「呼、呼……」

慢慢的從空中降落到被紫炎燒得焦黑的地面。

我看著被三頭犬尾巴猛擊的「我」化成光點四散，如果不是剛剛那瞬間即時和分身互換了位置，現在化成光點的就是我了。

三顆頭顱六隻眼睛將近三百六十度的視角，要從三頭犬的看守下拿走那個箱子裡的東西，果然不是這麼簡單的事……

那麼，只能徹底擊倒了。

隨著踏過焦土的腳步，我的身影在一步的時間就化為三個，隨著下一個步伐再次增殖到六個，最後圍繞著三頭犬的，總共有十二個我存在。

接著，十二道帶著冷光的光之劍被緊握在一個正體與十一個幻影的手中。

面對如此局勢，猛力回身的三頭犬橫掃著鐵尾，三顆頭顱則朝著四周噴發紫炎！

左邊的視界有兩個幻影被擊破，右方視界則被火燄燒盡了一個。一邊觀察掌握著視界中的情勢、一邊感受到紫色的火光朝我襲來——交換！與不到一秒前縱身躲過鐵尾的分身交換位置，我順勢朝三頭犬斬了一刀！

雖然未能造成太多損害，但確實是吸引了注意，只見三頭犬的大口凶惡的張開露出利牙，眼看就要將我咬碎——交換！這次我將自己與翻滾進三頭犬腹部的分身置換，接著又是趁勢不斷砍劈。

然而，三頭犬卻沒有因此停下反擊，它挺起身子，用那巨大的利爪撲向正位於它下方的我——交換！來到了正後方的我，一邊清點著視界中剩下兩個的幻影、一邊向前突刺，可是……

我猛然回身，三頭犬的牙就這麼咬住了光之劍，而兩側的頭顱則朝著我，在口中醞釀紫色的光影……

不過，準備已經完成了——交換！

滯身於三頭犬上方的我，身體的輪廓正逐漸的浮現。

在不久前讓分身完全隱形來到這裡，如今取代分身、換置到這裡的我，猛然攤開了雙手手掌——

兩道電子脈衝緊接著從正上方直擊而下，震盪著三頭犬兩側頭顱的後腦！

隨著絮亂的電流環繞在頭顱周邊，那兩側的頭顱上逐漸浮現了和我額頭的百目鬼一樣的、綻著冷光的圖紋。

那是遭到改寫的證明——

下個瞬間，兩側的頭顱同時朝中間的頭顱零距離噴發紫焰！

隨著三頭犬緩緩倒下的瞬間，建構這個建築的數碼、那無數排列著的壹與零，所有的零都化成了百目鬼的眼。

那無數的圖紋，象徵著這裡已經被我完全掠奪了。

我眼前的視界已經變成屬於我的世界了。

從容的踩著三頭犬倒下的殘骸步下地面，我朝著那埋藏死者秘密的箱子走去。那已經是我的東西了，我要將它打開。

隨著箱子緩緩的開啟，我逐漸看清了那裡面所盛裝的事物——

自殺的理由。事件的真相。執念的方向。

那是鈴原的眼淚。

◎◆◎◆◎◆◎

「妖氣……居然在增殖？你究竟做了什麼！」

有些不可置信的聲調，夾帶著風的吼聲緩緩流進耳中。

彷彿意識重新回到身體上，我漸漸讓不斷敲打鍵盤的雙手停下來，緩緩的張開了眼，面對現實視界——

「鐵破……學姐？」

「算了，無所謂，無論你是用什麼方法都無所謂……」

「——！？」

「我啊，實在是太天真了！」

高舉著纏繞暴風的傘，一副隨時都會劈下來的樣子，鐵破學姐那張俯視的美人臉孔充滿著殺意。

「果然早就應該殺了你的……妖怪。」

即使語氣憤怒得像是火燄，但鐵破學姐那雙眼睛卻像冰一樣的刺骨，那不是看待人類的眼神。

同時，熟悉的痛楚與疲憊在不知不覺中已經纏滿我全身，全身就像被火灼燒一般。

透過視界可以清楚看見，那些在我可見之處的皮膚表面蠕動、轉動著的許多眼球，就像被鑲嵌在皮膚上一般。

原來這就是讓眼球出現的方法——去掠奪、去盜取，用這股快感去豢養百目鬼。

如果麻野芽知道了會很開心吧？

但是她已經不在這裡了，我必須救她，我不希望她消失，我不想讓自己回到那日復一日、頹廢渾沌的冰冷日常，我不能眼看著鈴原再去殺人，我不能對即將發生的事情坐視不管，但在這之前——

我必須先讓自己活下來。

「請妳、請妳再給我……一點時間！」

「你在說些什麼——」

「我已經知道了鈴原……要去的地方。」

「我憑什麼……相信妖怪的話？」

「我知道自己是個差勁的人，我也知道沒有理由要妳相信我。」

「既然如此……」

「但是、即使是這樣的我，還是想做些什麼、還是不想看著有人白白犧牲、還是不想讓鈴原重複著錯誤！」

「……？」

「已經沒有時間了！要殺我隨時都辦得到，但在這之前請讓我幫助妳阻止鈴原吧！」

「……」

「拜託妳了！」

一邊強忍著渾身的痛楚，趴在地面的我一邊將頭低下懇求著鐵破學姐。

然而，風卻沒有停下，她並沒有將傘放下。

風狂吼的聲音、重型機車的引擎轉動聲、電車行駛在鐵軌的聲響各自傳來，我只能不斷在心中祈禱，這不是我在世界上聽見的最後的聲音。

下一瞬——

隨著驟然強烈颳起的風、耳邊傳來輪胎與地面尖銳的摩擦聲，隨著一股微微的焦味傳來，依舊活著的我抬起頭用視界確認著。

呼喚著風將一輛高速行駛的重型機車強硬攔下，面對著機車騎士，鐵破學姐那隻左眼呼應著月光綻放光暈。

接著，像是受到催眠般，重型機車的主人恍惚的下車，並帶著呆滯神情將重型機車交付鐵破學姐。

「我果然，還是有點天真呢……」

「……？」

跨上重型機車，鐵破學姐那雙冰冷的目光直擊著我，像施捨者般憐憫的說著——

「走吧，帶我去解決那怪物，最後，我會讓你死得痛快點。」

第四章
執念少女的遺願

畫面搖晃著，少女調整鏡頭的拍攝角度。

帶著有些生澀的笑容，少女對著自己擺放在房間某個角落的手機，用夾雜著喜悅的語氣說道：「今天是情人節，我想是最適合把這個消息告訴你的日子吧……」

這時候的鈴原，那張面容上充滿著幸福。

「這樣一來，就能把你幸福的表情也拍下來了。」

如此對著鏡頭說完後，穿著一身優雅又不失青春氣息的小禮服，鈴原深吸了一口氣。接著，轉過身背對著鏡頭的身影像是在等待著什麼。

不久後，房門打開，男子的身影出現了。

「你回來啦！你看，我穿這套禮服好看嗎？」轉了轉身子，鈴原一副雀躍的模樣。

相較之下，男子的表情顯得冷靜得多，一副沒有太多想法的樣子。

「怎麼啦？碰上不開心的事嗎？」

「不，事實上我現在還滿開心的呢。」

「咦？開心的事嗎？」

「是啊。對了，待會的晚宴——」

一邊說著，男子一邊從華麗的衣櫃中取出西裝準備換上。

那是一套頗具時尚感的改良式西裝。

「那個晚宴妳不用去了。」

「咦？」

對鈴原錯愕的表情與語氣視若無睹，男子一派輕鬆的褪下衣物。

「什麼……意思？」

「就是會由別人陪伴我出席的意思，不明白嗎？」

隨著男子用輕鬆語氣脫口而出的字句，空氣就這麼安靜了數秒。

帶著從容神情換衣的男子，不發一語的鈴原。

「我知道了，那、那我就在這裡等……」鈴原帶著像是故作鎮定的口吻打破了沉默。

「還有，把屬於妳的東西收拾收拾吧，明天起不要再來我家了。」

「為、為什麼……」

「當然是因為我要和妳分手嘍。」

「分手……？」

一派輕鬆的模樣，套上襯衫的男子一邊扣上鈕釦，一邊來到帶著錯愕表情的鈴原身邊，口氣輕浮的說著——

「沒錯，所以請妳以後別再纏著我了，萬事拜託嘍。」

「為什麼、為什麼……突然？」

「嘛、我對妳也差不多感到厭煩了，甩掉妳是理所當然的吧？」

「這是……開玩笑的吧？對吧？」

「……」

「是開玩笑的對吧？想在情人節給我一個驚喜吧？是這樣吧？最後你還是會緊緊的抱住我、說你愛我，所以這是假的？是你騙我的對吧？」

「幻想也該有個限度啊妳——」

接著，鈴原緊緊抓住男子的雙臂，隨著她的表情崩潰得像是要掉下懸崖的人一樣驚恐，鈴原的聲線也越來越激烈、話語越漸歇斯底里。

「你說過你愛我的吧？你說過你最喜歡我的眼睛，你說過無論什麼時候都會緊緊牽著我的手，你抱住我的時候是那麼用力，所以這樣的你是不會這麼做的？對吧？告訴我這不是真的——」

這個時候，掙脫了鈴原的雙手、甩開了鈴原的男子一把將她往前推倒，鈴原纖細的身子就這麼跌坐在床上。

「給我適可而止啊妳這女人！」面露不悅的整理著被抓皺的袖子，男子使著冰冷的語氣，然後一點一點擊碎鈴原的希望，「別隨便沉浸在那種笨蛋都明白的逢場作戲啊！和妳這種普通的女人怎麼想都只是玩玩而已吧？」

「……」

「還是妳天真的以為妳是我唯一的女人？還真是厚臉皮吶！」

一邊操弄著嘲弄的語氣，男子一邊從口袋中掏出手機，並用拇指在螢幕上滑動著。不久後，男子隨便將手機扔在鈴原身旁的床上。

「這裡面和妳一樣、甚至條件比妳好的女人要多少有多少，一個個都在等著討好我，都快應付不完了呢！」將釦子扣上後，男子一邊說著、一邊對著鏡子整理衣領，「所以妳明白了吧？妳只不過是讓我玩玩的其中一個對象而已，別擅自把自己想得太重要啊。」

說完後，男子離開鏡子前，經過了低著頭啜泣的鈴原面前，態度從容的取下衣架上掛著的西裝外套。

「總之，明天起我不想看見妳在我家出現。」男子輕緩的將外套穿上後，一副打算出門的樣子，「就這樣了，我要去接今天陪我出席的女伴了。」

「我有了……」

「嗯？」

隨著鈴原開口，男子稍稍停下腳步，用背影對著鈴原。

「我有了你的孩子。」

「……」

隨著鈴原用溢滿著悲傷的聲線說完後，男子似乎有些覺得麻煩的搔了搔頭。接著，他從皮夾中取出了一疊鈔票隨意扔在地上。

「去處理掉吧，別給我惹麻煩了啊真是的……」

男子就這麼頭也不回的消失在鏡頭中。

獨留鈴原那滿載著悲傷嗚泣、不斷因啜泣而顫抖著的身影。

◎◆◎◆◎◆◎

風的呼嘯不斷掠過城市夜晚的燈火從耳邊刷過，如此不安寧的伴隨著奔馳的我們。

坐在由鐵破學姐所騎乘的重機後座，我一邊將思緒從剛才在鈴原於個人電腦中留下的那部影片中抽離，一邊用手滑動著手中的平板電腦。

一切，都因那個人而起。

不斷對比著剛從那個人的個人網路中竊取來的「花名冊」資料，在發現與女性連續殺人案的受害人完全一致時，我更加的確定了。

我已經了解了。

了解了鈴原自殺的原因、鈴原想去的地方，還有她想做的事……

這時，鐵破學姐俐落的停下重機。見到在地面擦出微微焦色的胎痕，聽著因熄火而變得安靜的引擎，我深深的吸了一口氣。

我與鐵破學姐來到某棟大樓前，那是一棟雖然已經建築完成，但是仍未完成內部裝修的大樓。

「就是這裡了。」一邊對鐵破學姐說著，我將視界從大樓前的廣場，循著那剛完成的玻璃帷幕外觀一路向上延伸。

視界中，在最高的樓層有著閃爍的電子光源，耳邊則能聽見隱隱約約的派對喧鬧聲。

「看來我們早了一步，真是太好了……」如此說完後，忍著全身因百目鬼帶來的疼痛與不適，我急忙邁開腳步，領著鐵破學姐進入大樓中。

還沒完成的油漆與裝潢，灰色的水泥材質與水電管線就這麼裸露在大樓內的四處。毫不猶豫的前進，我跑在鐵破學姐前頭，直接往電梯的方向前進。

「得趁鈴原還沒來，趕緊要大家離開……」進入電梯後，我慌忙的按下最高樓層的按鍵。同時，確認著袖子及衣物能確實遮掩那些附著在我身上的眼球。

「我說你，似乎把那個怪物稱作『鈴原』呢。」

「嗯？」

「那個怪物只不過是那個女孩執念的聚合體，就算牠包含了那個女孩的憤怒與悲傷、甚至是記憶和性格與所有情感，但終究也只是循著這些本質行動的一團穢氣，並不是那個女孩。」

冰冷的語氣與沒有一絲動搖的表情，鐵破學姐輕輕說著她對現在的鈴原的想法。

伴隨著機械運轉的聲音，電梯漸漸上升，從頂樓傳來的重低音與喧鬧聲也越漸清晰。

「但是，人的存在就是建立在這些本質上的吧。」

「……」

「人的表象是毫無意義的，當某個人的真實面被誰理解後，從那一刻起才能算是真正存在著。我是這麼認為的。」

這個時候，不斷上升的電梯終於停了下來，隔著一扇門的背後像是被塞滿了膨脹的歡愉，重低音的音樂不斷伴隨歡騰的吵雜聲震動著空氣。

「至少比起我，那個『鈴原』存在得更像她自己。」

在我的話語結束的那瞬間，從打開的電梯門中乍現了炫目的人工光源。

不斷隨著音樂轉動和迴旋的那些霓虹與白光，灑滿了舞動的人群、在他們身上流轉，臨時牽引架設的電力線材與音響燈光以及舞池，四處的桌面上充斥著食物與酒水……這座未完工的最高樓層，就這麼被布置成名符其實的派對場地。

雖然這麼做無疑是違反了公共危險罪，但那個主辦人想必是不會在乎這些的。

鑽進了被舞動的人們所占據的舞池，無法阻止的嘈雜不斷灌進耳中，我與鐵破學姐不斷的從人與人之間的縫隙中穿越，尋找著某個人。

經過一段尋覓，那個作為鈴原執念的理由、引起這次事件的人，就這麼出現在我的視界中。

以展示著城市夜景的落地玻璃帷幕作為背景，那個人拿著酒杯有些醉意的、坐在吧檯旁的豪華大沙發上，身旁還圍繞了不少穿著養眼的女性。

然後，他發現了我。

「呦、這不是阿伊人嗎？我還以為你不會來呢。」將環繞在周圍的女性們撥開，他熱情的起身並走向我。

那是導致鈴原自殺的原因，同時也是我的工作夥伴與友人——寺田俊也。

一邊看著視界中走來的俊也，我一邊思考著整件事情的脈絡。

被俊也拋棄的鈴原懷抱著怨念死去，造就了那個怪物。因此，受害者全部都是與俊也關係親密的女性。而在那天晚上取代鈴原成為女伴的鐵破學姐，也理所當然的讓鈴原產生了恨意，所以鈴原才會在那個時候攻擊她。

也難怪無法查出鈴原自殺的原因了，以俊也的家族勢力與人脈手腕，要關說警方將一些事情壓下來並不困難。畢竟，寺田家的孩子因為始亂終棄導致了一個少女的死亡，這並不是什麼光采的事。

然而，雖然知道這樣的俊也是錯誤的，我卻無法產生譴責他的情緒。

我並沒有那種善良，也沒有那種正義情操。即使偽裝著擁有的表面，但那不是虛假的我能擁有的東西。

可是至少，我不想看著鈴原繼續擴大這份錯誤。

「咦？鐵破也來啦？正好，來陪我喝一杯吧。」來到了我與鐵破學姐的面前，帶著醉意的俊也如此說道。

「俊也，現在不是喝酒的時候了，趕快解散大家然後離開這裡吧。」

「開什麼玩笑，派對才剛開始呢！別說這麼多了，阿伊人也來喝一杯吧……」伸出了手想將酒杯遞給我，喝醉了的俊也身體左搖右晃的。

「我是說真的，再不離開這裡的話會有危險的！」

「危險？公共危險還是製造噪音？哈！那種用錢能解決的事怎麼樣都無所謂啦……」

說完後，步履蹣跚的俊也再次左勾右搭的陷入女性的圍繞中。

「可惡……俊也完全聽不進去啊……」看著人們歡愉的身影，我苦惱著。

再這樣下去，要是鈴原來到了這裡——

就在這個時候，彷彿和我有同樣的想法，從我身旁離開的鐵破學姐走向了某個的地方，她站到舞池中央、那有著許多女孩熱舞的舞臺上。

從ＤＪ身邊搶走了麥克風的她，深深吸了一口氣。

「所有人聽著──」隨著話語，就像是反射著耀眼的燈光，鐵破學姐的左眼透著微微的光暈。

「現在，立刻離開這裡！」她冷徹的聲線穿過了重低音響放送，同時，左眼的光芒迷惑著被聲音吸引而來的目光。

下個瞬間，受到那隻瞳仁吸引的人們，紛紛像是被下了催眠指令般，搖晃著飽含酒精的身體、昏昏沉沉的從舞池中散去。

看來，鐵破學姐使用了被稱為「幻瞳」的那隻眼睛。

「欸？搞什麼啊？為什麼大家都走啦？今天可是本大爺的生日吶！」只見俊也如此對離場的人們叫喊著。

由於被女性圍繞的關係，他似乎沒被催眠。

而其他像俊也一樣保持自我意識的人，則因為這樣的情況顯得一頭霧水。

看著輕緩走下舞臺的鐵破學姐，我予以感謝的微笑。但她的表情倒是一貫的嚴肅、沒有什麼反應，而額頭和臉上似乎多了不少汗珠。

多虧鐵破學姐的能力，原本盤據舞池的人們就這麼減少了大半，接下來只要趕緊疏散剩下的人就行了……

就在這個時候，室內的燈光開始如同風中火燭般的忽明忽滅。原本令人們沉浸在其中的音樂，也開始扭曲著曲調與節奏，宛如低吼般的變奏。

突然籠罩著全場的莫名不安氣氛，狠狠的從某個方向襲來。

「是妖氣……那傢伙來了！」

聽著鐵破學姐猶如戒備的口吻，彷彿有什麼事要發生了。

直覺的轉過身，我將視界瞄準在那個方向，那面展示著城市夜景的落地玻璃帷幕。漸漸浮現的輪廓、緩緩在空氣中建構的形體，慢慢遮蔽了整個城市的光景……

「俊……也。」

隨著那令人感到不安的低沉叫喚，沉浸在許多女孩懷抱中的俊也緩緩轉身。

同時，無數的裂痕，就像蔓延的蜘蛛網般在那面玻璃上擴散了開來……最後，發出那個聲音的身影完全烙印在我的視界之中。

存在於身體兩側的無數手足，就像附著在玻璃表面般的趴在俊也身後的帷幕上。那個乾枯的灰白身體、腹部那個張開的血盆大口、還有那張滿載悲傷的面容——

「……這、這是什麼！？」宛如揪住心臟的恐懼爬滿了俊也的臉上。

下一刻，從碎裂紛飛的玻璃碎片中竄出，半伏著身子著地的「鈴原」，那龐大的身軀就這麼闖進了這個頂樓中！

接著，猶如橡皮般延伸拉長的許多手足，襲向了俊也周圍的數名女性，緊繃著的蒼白手指緊緊掐住了她們的喉頭！

「唔……」

那些被掐著頸部抬起的軀體，不斷因痛苦而扭曲掙扎著，令人毛骨悚然的、焉焉一息的喉音，不斷從那些女孩的嘴中傳出；最後，隨著紛紛的喉骨碎裂聲，那些軀體各自因失去生命而停下了動作。

宛如吞噬著那些女孩們的生命以及所有人的恐慌，鈴原身上那些在先前戰鬥所留下的各處傷痕，竟開始快速的癒合。

透過不斷重複著傷害人類而變得越來越強大，這就是鐵破學姐所說的邪念鬼。

「唔……嘔！」目睹著眼前的龐大存在以及身邊的女孩們接連死去，恐懼讓雙腳失去支撐的力量，俊也跌坐在地不斷的嘔吐。

而殘留在派對上的少數人，也因這駭人的發展與景象紛紛逃散。

「俊也……」

發出低沉的叫喚後，將女孩們的屍體像是抹布、垃圾般扔掉，鈴原蠕動著無數手足，朝因驚恐而癱坐在地的俊也——朝著傷害了自己的人緩緩接近！

「喂、妖怪！」

然而，下個瞬間，鐵破學姐的叫喚吸引了鈴原的注意。緊握著傘，鐵破學姐的目光緊盯著鈴原。

然而，風卻沒有吹起來。

「鐵破瞳……鐵破瞳！」宛如凹陷的深黑色眼窩回應著鐵破學姐的注視，無數手足推進著鈴原龐大的軀體，就像失控的列車般朝鐵破學姐狂奔！

「呿！」

催促著步伐移動，鐵破學姐先往一旁用力躍起，躲過了鈴原從腹部那張大嘴所噴濺而來的腐蝕液體。但是在這個時候，鈴原那許多伸長了的灰白手臂已經朝著鐵破學姐的落點直擊！

只見鐵破學姐打開了傘，宛如打水般的朝空氣猛然一撈！由這個動作所帶來的空氣阻力，就這麼微妙的在空中改變了她的姿勢與墜落方向。

輕靈的落地並收起傘，但鐵破學姐的行動並沒有停下來，宛如解讀著鈴原的行動，她開始跑了起來。

瞬間，猶如追逐著鐵破學姐的軌跡，由鈴原本體沒入地面的無數手足，不斷的從鐵破學姐身後的地面竄出，就像忽然揚起的浪濤一樣。

可以理解，鐵破學姐在拖延時間。

果然，正如麻野芽在那個時候推測的一樣，鐵破學姐在使用「幻瞳」後，會陷入暫時無法使用風的狀態。

然而，從視界中可以察覺鐵破學姐那張臉龐上溢出了汗水，還有逐漸攀滿的疲憊。

這樣下去別說是找機會救出麻野芽了，恐怕連鐵破學姐都會一起被解決掉……

甚至，也許麻野芽現在已經……

即使這是個廣闊的樓層，卻終究是室內，被那些蒼白手足追擊著的鐵破學姐，很快的就來到建築邊緣的牆壁前。

只見鐵破學姐奮力跳了起來踩在水泥牆面上，隨著腳部施力的反作用力，鐵破學姐往反方向彈了回去，在那裡等著她的，是方才竄出的蒼白手足。

感受著墜落感並將傘延著手臂用力伸出去，鐵破學姐刺出的傘尖猛然頂住了其中一隻手足，接著就像將傘作為軸心，她將身子逆時針回了一圈後朝右方降落！

憑藉靈敏的體術與巧妙的臨場反應，疲憊不堪的鐵破學姐再次躲過了鈴原的追擊……

原本應該是這樣才對。

「——！？」

不料，在落地時那不到一秒的間隙，再度邁開腳步的鐵破學姐卻被從正下方地面竄出的蒼白手掌抓住了腳踝，狠狠的摔在地上。

「鐵破瞳……」朝著匍伏在地的鐵破學姐，鈴原那張乾枯的面容，一邊發出了滿載怨恨的低吼叫喚、一邊移動身軀向鐵破學姐接近。

接著，一隻同樣乾枯的灰白手臂伸了出來，用力挺直的指尖變得像是槍頭般銳利。

「可惡——！」

扭動著雙腳想掙脫，但鐵破學姐卻無法擺脫鈴原的禁錮。

「鐵破瞳……！」

下一刻，刺穿了空氣，鈴原那隻延伸飛梭的手臂襲向鐵破學姐！

肉塊被狠狠刺穿的聲音。

不斷溢出來的鮮豔紅色。

「……！？」

身體被刺穿了，鮮紅色的血液咕嚕咕嚕的不斷流出來。

鈴原那隻灰白手臂確確實實貫的穿了身體。

「為什麼……？」

「……」

貫穿了我的身體。

佇立在鈴原與鐵破學姐之間，我透過視界靜靜看著我那被狠狠貫穿的腹部。也許是習慣了因百目鬼帶來的反應，這個瞬間的我，並沒有感受到想像中激烈的痛楚。

「為什麼……這麼做？」

緩緩回頭，我看著視界中帶著不可置信表情、緊凝著我的鐵破學姐，我沒有見過那種表情呢。

接著，隨著鈴原猛力抽出的手臂，腹部傳來的疼痛才終於竄進了腦袋！緊咬著牙，我無力的跪了下來，最後趴倒在地。

隨著鈴原跨過我、朝鐵破學姐往前移動的身軀，沉重的陰影就這麼覆蓋了我的視界。趴在鈴原的軀體下，這時候我才發現了自己的愚蠢。明知道就算這麼做也無法拯救鐵破學姐，我卻還是選擇了這麼做……

這個時候，夾帶宛如嘲笑般的語氣，由誰訴說的話語就這麼傳進了耳中。

（你真是個笨蛋呢！）

帶點調皮的少女聲線、熟悉的聲音。

（不過，你果然還是來到這裡了——）

還存在著、讓我從心底感到慶幸的聲音。

太好了！

（剩下的就交給我吧，所以——為我奉獻吧！）

隨著少女的話語，我感到相較於腹部的傷口更為強烈的疼痛瞬間攀滿全身。

就像有什麼正在從身上被抽離。

是眼球——

穿破了袖子、穿破了遮蔽著的襯衫，那些飽含著光芒的眼球從我身上剝離，並飄浮了起來，然後漸漸分解成無數光點，有如流動的沙粒般進入正上方的鈴原體內……

「唔……唔——！」鈴原那龐大的軀體開始扭曲了起來，無數支撐在地面的手足緊抓著地，像是在壓抑著身體中的什麼一般。

然而，溢出光的裂痕就像狠狠撕裂般，在鈴原腹部蔓延、擴散開來……

就像破繭的蝶，光芒從鈴原身軀被撕裂的開口溢了出來，在那之中現身的，是魔女的身姿與她的僕從們——

燭臺瑪諾、光吼瑪諾、三結瑪諾。

以及飄浮著的，擁有像是恐龍化石般的奇異軀體。

那副骨架在頭部只有一個眼窩，並且擁有一副空有骨架的翅膀，沒有雙腳的飄浮著。

「阿伊人就先交給妳了——雨傘女。」倚靠著大行李箱並將手扠在腰上，背對著鐵破學姐的她，被四頭瑪諾圍繞著。

「被一口吞掉的屈辱……」

帶著從容的神情，她望向了因身體開了個大口而掙扎著的鈴原。

「我可要好好討回來啊！」

還活著實在是太好了，麻野芽。

◎◆◎◆◎◆◎

使勁的拖著我的身體，鐵破學姐將我拉到角落靠著牆面。

一邊忍耐著腹部傷口的劇痛，我一邊感受著自己身體的移動。

而移動著的視界，先是停在自己腹部滲出的一片血紅，接著越過了鐵破學姐那張充滿複雜表情的臉孔，最後，逗留在彼端的麻野芽與鈴原身上。

宛如那副龐大身軀從未被撕裂般，鈴原身上那被麻野芽弄出的大開口，竟以極快的速度痊癒了。

散落在四周的死屍，一旁癱軟在地、面露驚恐的俊也，還有仍能傳進耳裡的、建築中那些逃竄群眾的恐懼聲響。

彷彿吞食著這些成長——不知道是不是錯覺，鈴原的身軀似乎比不久前又大了些。

「雖然不想認同雨傘女，不過這玩意兒還真是令人反胃啊……」像是坐在被觸手拖拉的直立行李箱上，麻野芽稍微向後保持了距離。

而身旁四體外貌各異的瑪諾則環繞著她警戒著。

「去死……去死……」

宛如散發著不可視的濃烈惡意，鈴原那雙凹陷的深黑眼窩，伴隨著漸漸開始移動的身軀緊盯著麻野芽——

下個瞬間，像是被打開了狂暴的開關，鈴原驟然伸出的無數手足、伴隨著腹部大嘴吐出的腐蝕液襲向麻野芽！

「——！」

操縱著拖曳行李箱的燭臺瑪諾、隨同攀著的行李箱向右迴轉，麻野芽在勉強躲過了襲擊後，令背後的三結瑪諾各自釋放攻擊！

凍骨的寒氣、閃動的電流、蒸騰的烈焰，三種不同效果的攻擊，就這麼纏上鈴原伸來的無數手足，企圖一路攀至本體！

不過，像是斷尾求生的爬蟲類，鈴原果斷捨棄了那些沾上攻擊的手足，一眨眼，新的手足就像增殖般的從本體再次重生竄出。

接著，無數手足快速的紛紛蠕動，此刻的鈴原就像狂奔的野獸一路追向再次拉開距離的麻野芽，在偌大的室內中展開了追逐戰！

閃躲著噴濺而來的腐蝕液、迴避著企圖逮住自己的那些蒼白手臂，就像駕著雪橇或踩著滑板般，麻野芽攀附著被燭臺瑪諾拉動的行李箱，看似盡可能的與鈴原保持固定距離，在各種襲來的危機中劃出優雅的移動軌跡。

有如不斷運作的剪刀，燭臺瑪諾有力的鉗狀觸手不停夾斷來襲的手足。而三結瑪諾的白色部分球體則從嘴裡噴發刺骨凍氣，在地面凝結一道道冰之牆！然而，這些冰之牆卻被鈴原凶猛的疾奔一路連番撞碎！

觀察著逼近的鈴原，同時飄浮在麻野芽身旁跟隨的光吼瑪諾，不斷的將光暈凝聚在嘴裡準備發起攻擊。

似乎在醞釀並製造著攻擊時機，三結瑪諾的紅色部分球體，在麻野芽的指揮下吐出一道延燒的火幕，試圖擾亂鈴原的追擊。

然而，鈴原卻用令人驚異的移動速度、無視高溫灼傷的從火炎中穿越，再加上那些不斷從地面竄出、試圖阻擋麻野芽移動路徑的手足，只見鈴原與麻野芽之間的距離正在確實縮小……

但是，麻野芽的表情卻沒有一絲猶豫。

無論是什麼樣的事態，永遠留存著應對方法——這就是麻野芽。

「去吧，『龍骨瑪諾』……」維持著自然的神態，麻野芽左手緊抓著行李箱的把手，右手則指向緊追在後的鈴原。

伴隨這個動作，飄浮在麻野芽身旁的，那有著像是恐龍化石般的骨架、卻只有一個眼窩的龍骨瑪諾，緩緩停了下來。

而那副軀體竟開始一邊透出暗紅色的光暈，一邊像沉進海面般的陷入地面。

「給我讓那傢伙停下來！」

下個瞬間，宛如忽然從地面生長的鎖鏈，由無數骨頭構成的牢籠，包覆著鈴原成型！

囚禁著不斷掙扎的鈴原，那些纏繞在鈴原周圍、穿插在鈴原手足間的骨頭有著暗紅色的光暈，就像隱隱散發紅光的螢光棒一般。

而存在於牢籠頂部的那具頭骨，那單一的眼窩深處，同樣發著暗淡的深紅色光芒。

這個時候，隨著停下轉動的行李箱輪子，麻野芽輕撫著光吼瑪諾那像被什麼脹滿了的飽鼓身體。

站在行李箱上，麻野芽左手扠在腰際，右手則朝著被囚禁的鈴原擺出了像是手槍的手勢——就像站在戰車上的指揮官，完美的距離，無法動彈的目標，儲蓄完畢的毀滅性光束。

「咻……砰——」

隨著視界彼端，麻野芽那微笑的神情與輕巧發出的狀聲詞。

從光吼瑪諾嘴裡驟然放射的光芒，就這麼溢滿了視界之中。

「啊啊啊啊啊啊啊！！！」

發出了令人顫抖的淒厲嗚叫，鈴原痛苦的身軀就這麼被淹沒在光的炮擊中。

淹沒了鈴原，毀滅性的光束一路貫穿了大樓牆面，在頂樓外的夜空下，綻放了短暫的光輝。

感受著整棟建築都被這股破壞力撼動得微微搖晃，感受著從天花板剝落灑下的粉塵與水泥碎屑，感受著腹部傳來的疼痛，我的視界漸漸從消散的光芒中恢復。

支撐著因為失血而越漸模糊的意識，我在視界中找到了麻野芽。

佇立在如雪花般飄下的粉塵及水泥碎屑中，她的視線指向前方不遠處。

「唔啊……唔啊……」那張乾枯蒼白的面容發出微弱的低吟，掙扎般的爬在地上像是搜索著什麼。

身體缺口的那些肉芽，雖然試圖連接散落在周圍的軀體肉塊，但卻似乎已經沒有那樣的餘力了，鈴原的身軀如今只剩不到原來一半的大小。

「俊……也。」緊扣著地面爬動的手指，拖曳在地上的漆黑長髮……拚命移動著破碎不堪的身軀，鈴原一邊發出低沉的叫喚、一邊爬向不遠處癱坐在地的俊也。

帶著複雜的表情，站在我身旁的鐵破學姐也望著那樣的鈴原。

「變成了那樣依舊不放棄復仇……這妖怪到底帶著什麼樣的恨意？」

「我覺得……那並不是復仇與恨意……」堅持著意識、我用盡力氣的說話，如此表達心中的想法。

「嗯？」

「就算她確實是殺了那些女孩，但是鈴原她……鈴原她肯定……」

隨著我吃力發出的聲線，這個時候，這個位於大樓頂層的天花板開始產生了動靜。

看著大量灑落的粉塵，以及不斷落下的越來越大的水泥碎塊……由於祓方才那道光束破壞了大樓牆面，因此產生了在支撐結構上的缺陷，那無法繼續被安穩支撐的屋頂，如今正在崩塌！

「……！」隨著鐵破學姐警戒的眼神，無數水泥碎塊與鋼筋紛紛從上方崩落，有如致命的大雨般不斷落下。

搖晃著建築、大量崩塌砸落的碎塊在四處產生了巨大聲響。

而風，在這個時候吹了起來——

即使周圍的騷亂震耳欲聾，但我卻一點衝擊與疼痛都沒感受到。

在大量揚起的塵灰中，受到保護的我確認著狀況。

「……」

帶著不知道在思考著什麼、難以理解的表情，鐵破學姐即時恢復了使用風的能力，令一目天瞳環繞著自己與我，作為盾牌抵禦了那些猛然落下的崩落物。

於是，隨著崩落結束逐漸停下了騷動，大量的塵煙瀰漫著這個空間，失去了遮蔽物的視界上方，也被高掛明月的夜空與星辰所填滿。

將視界穿過塵煙與月光，彼端的麻野芽，則安穩的存在於燭臺瑪諾的庇護下。

帶著有些擔心的神情，她將臉轉向我，確認我沒事後，很快的在臉上恢復了微笑。

這個時候，我在視界的角落看見了——

看見了應證我心中想法的景象。

「鐵破學姐……妳看……」勉強的伸出手，將鐵破學姐的目光引向那裡，我如此對她說道，「和那些被殺害的女孩不同……」

就像要將僅存的力氣也帶走般，不斷重重砸在身上的鋼筋與水泥瓦礫，再次重創了鈴原那不堪的身體。

原木的軀體漸漸四散成碎塊，就像被分解的積木一般，如今的鈴原僅存著保持人類輪廓的上半身。

「鈴原對俊也懷抱的並不是仇恨……」

宛如保護著什麼、庇護著什麼，鈴原沒有從那些襲擊中逃開，只是緊緊蜷起身體，用自己的身體抵禦著那些傷害。

「俊……也……」

使著越漸微弱的聲線，鈴原對著被自己保護在那副孱弱的身軀下，充滿著恐懼、不斷顫抖的面容說道──對著俊也說道。

「鈴原她，只是愛著俊也而已。」

所以，她並不是想對俊也復仇，只是想……再見到他而已。

所以，她即使受傷也要保護俊也，也要保護自己深愛著的人。

「怪、怪物啊──」

然而，鈴原換來的卻是俊也排斥的神情與厭惡的眼神。

連滾帶爬的從鈴原懷中離開，俊也拚命的遠離鈴原好幾步後再度癱軟在地。

「別、別接近我！怪物！」恐懼、厭惡、憤怒全部夾雜在一塊，俊也歇斯底里對著鈴原咆哮。

「殺了牠……殺了牠！」隨手拿起一旁地面上的斷裂的鋼筋條，俊也朝著鈴原一邊喊叫、一邊對空氣胡亂揮著。

「誰都好、快殺了牠！殺了這個怪物！」近乎崩潰的神情就這麼滿溢著俊也的面容。

然而，面對著自己深愛的人、面對著即使犧牲自己也要保護的人如此對待——

「俊也……」就像不存在著半點怨恨，鈴原那張乾枯的面容只是靜靜的望著俊也。

即使嚴重受創的身體因為痛苦而抽動扭曲著，鈴原仍向俊也拚命伸出了那隻蒼白的手，試圖撫摸那張觸不到的臉，那個自己無法忘懷、無法放棄的人。

是愛，愛才是鈴原一切執念的源頭。

正當我感受、理解著鈴原時，不發一語的從視界角落緩緩的移動，那是突然從我身旁起身的鐵破學姐。

緩緩晃動著背影，鐵破學姐在我的視界中逐漸遠離，朝著鈴原與俊也走去。而風正跟著她移動——一目天瞳正跟隨著她移動。

「……」

她就這麼從沉默的麻野芽身邊擦肩而過。

背影遮蔽了我視界中的俊也，鐵破學姐來到了鈴原與俊也之間。靜靜的將腳步佇立，靜靜的俯視著俊也。

她究竟……想做什麼？

下一刻，就像被抽走的水流、就像被捲入的漩渦，一目天瞳化成輕柔的風環繞著鐵破學姐。

接著，風停下了，風消失在鐵破學姐那張我無法看見的臉龐及那隻眼中。與照映在視界中的月光呼應，隱隱的光芒渲染著鐵破學姐背影的另一側。

最後，從光暈中起身，俊也那張面容就像被抹除了恐懼與厭惡，徒留著平靜的茫然。俊也的自我意識，被那隻幻瞳所支配了。

「……」

一步步踏著輕緩的步伐，俊也越過了鐵破學姐，來到了鈴原面前輕輕跪下。接著，他伸出了那雙曾經足以挽救鈴原生命的手，緊緊的抱住鈴原。

「俊……俊也？」

依靠在俊也的懷裡，幸福的笑容就這麼漸漸地取代鈴原那張稍微有些疑惑的面容。就像被洗去淤泥的花朵、就像重新盛開著鮮花的枯土，鈴原那原本乾枯的灰色身軀與面容，就這麼像被淨化般的恢復了原本應有的面貌。

即使縹緲得就像幻影、即使像隨時會散去的煙霧，但在那個瞬間，視界中的鈴原確實回到了我所認識的那個樣子。

掙脫了，鈴原她——終於從執念中獲得了解脫。

猶如被驚動的螢火蟲化為無數光點紛飛、猶如終將迎接白晝的月光餘暉，鈴原的身影正化成無數的粒子，在空氣中無聲的漸漸消散、漸漸變得朦朧。

鈴原那張即使消逝著卻依舊不變的幸福笑容，就這麼烙印在我的視界中。

那張笑顏，在她從月光中完全消失以後，彷彿仍舊清晰可見……

一邊看著視界中鈴原消失後的光景，我一邊看著鐵破學姐的背影。

背對著已經不存在的鈴原、背對著眼神茫然停在原地的俊也，鐵破學姐那沉默的背影就這麼安靜了許久。

「鐵破學姐……」

我能理解，我能理解在鐵破學姐心中產生的變化與疑問。

身為妖怪必須被殺死的我，卻救了想殺我的她一命。

作為邪念鬼傷害人類的鈴原，卻在她面前救了人類。

應當冰冷討伐異端的她，卻在最後完成鈴原的心願。

這些在她心中產生的變化與疑問，正迷惑著鐵破學姐自身。

帶著難以言喻的表情一邊轉過身，一邊像是想將煩惱捏碎般，鐵破學姐將拳握緊，有些用力的微微顫抖。

「啪！」

接著，鐵破學姐有如發洩般的一拳打在呆然的俊也臉上，將他遠遠揍飛在地，並沉沉昏去。

有些刻意的將表情維持平靜，鐵破學姐緊握著傘，將目光對向從剛才起就看著一切的麻野芽。

「那麼，妳接下來打算怎麼做——雨傘女？」雖然神態自若的對鐵破學姐展開對話，但麻野芽依舊令瑪諾在她周遭戒備著。

「當然是殺了妖怪、殺了異端。」像是在刻意維持著那個表情，不願讓那絲刺骨的冷徹從眼中散去，鐵破學姐稍稍顫抖著嘴唇回答。

然後，風再次吹了起來。

「殺了妳，殺了苟延殘喘的妖怪……」一邊說著，鐵破學姐的身體周圍狂風大作！

在使用過那隻幻瞳後，鐵破學姐應當暫時無法操縱風才對，但是風確實颳了起來，而且是之前從未過見過的凌厲程度。

無論是使喚風作戰、甚至是讓一目天瞳去攻擊或化作武器，鐵破學姐一直使用著在她身邊吹拂的風。

然而現在的狀況，簡直就像是風從鐵破學姐的每一吋肌膚噴發出來，她就像是風的中心點，這模樣根本是——

現在的鐵破學姐就是一目天瞳，現在的鐵破學姐就是風本身的存在！

「我要用最理所當然的方法斬斷迷惘，用最直接的手段去確信——」隨著臉龐及肌膚上浮出幾乎要突破皮膚的血管紋路，開合著嘴角滲出血的雙唇，鐵破學姐像是忍耐著痛苦緩緩說道。

風越吹越狂，猛烈的風壓幾乎要將視界中的景色都扭曲，而方才崩落在地的土石及鋼筋狠狠的被風暴颳起，飄浮在月光高耀的夜空中。

被風壓支配著、壓縮著、組合著、排列著，那些七零八碎的建築殘骸被拼湊著組成各種明顯的危險輪廓，就像……就像飄浮在風暴中的兵器譜！

「確信我依舊是退魔三家的鐵破、鐵破的幻瞳！」

隨著鐵破學姐堅持著決意的話語，那些兵器在同一時間將刀刃指向麻野芽的方向！

鐵破學姐她正在拚命的說服自己去斬斷那些改變。

「居然還留著一手嗎？雨傘女。」咬著牙默默的判斷著情勢，麻野芽似乎對眼前的狀況感到棘手。

同一時間，散發著暗紅色的光暈，方才與鈴原一起被淹沒在光束中的龍骨瑪諾，正緩緩的從她背後的地面浮了出來……

那頭瑪諾居然沒事嗎？

麻野芽一邊帶著緊戒的眼神，一邊令燭臺瑪諾堅硬的身軀擋在前方展開防禦。漸漸向兩側敞開，只見在她身後的龍骨瑪諾緩緩展開了那像肋骨的部分。接著，重新合上的肋骨將麻野芽那纖細的身軀包覆在其中，就像成為她的盔甲一般。

「果然，還是無法解開妳的死腦筋呢！」

隨著那副徒留骨架的翅膀漸漸張開，散發在全身周圍的暗紅光芒，在那雙翼上展開了翼膜般的平面——

振翅！

被龍骨瑪諾包覆著，麻野芽在狂風中起飛，其餘三頭瑪諾也飄浮著身軀跟隨。

在無法稱為安寧的天空中注視著對方，鐵破學姐與麻野芽的身影，在月光下變得越來越模糊。

四處被凌亂吹起的碎石雜物模糊著視界，不過最大的原因，果然還是因為我就快無法繼續堅持著意識。

隨著腹部傷口的失血量增加，在我視界中的一切漸漸變得朦朧，我感覺意識就像快沒電的手機畫面，隨時都會陷入一片黑暗。

努力的想讓自己清醒，我不敢眨眼的看著視界中的她們。

魔法師與術士。

瑪諾召喚師與風的鍛造師。

麻野芽與鐵破瞳。

她們這次的對決，帶著比以往都還要沉重的氛圍——就像在說明到最後總會有其中一方被消滅一般。

忽略了自己是否能活下去這個最直接的問題，我只是試著想像麻野芽與鐵破學姐，想像著她們其中一方會從我的視界中消失，甚至我將來的視界中再也不會有她們的存在……

開什麼玩笑！

「停下來……」強硬驅動著自己虛弱的身體。

我狼狽的爬在滿目瘡痍的地面，在呼嘯的暴風之中前進。

「無論是麻野芽還是鐵破學姐……都是將我從空泛虛假的日常……將我從日復一日頹廢中拯救的人。」努力的使著那氣若游絲的聲線，我用盡全力的提高音量，只希望她們能聽見我的話。

「魔法師什麼的……退魔三家什麼的……為了這種事情去死不是無聊透頂嗎……」支撐著意識抬起頭，我將她們的身影緊緊的固定在視界中，就像不想失去一般。

「所以……求求妳們——」我拚命將話語從嘴裡擠出來。

就像要滴完的沙漏，我能感覺自己破碎的意識就快凋零得一點也不剩。

「求求妳們停下來吧！」

猶如被瞬間關閉了電源，我的身體在說出由衷的請求後，擅自的完全失去力氣，就這麼趴倒在地。別說抬頭或說話了，現在的我連一根手指都無法移動，能張開眼睛就已經是極限了。

像壞掉的電視機，我那慢慢陷入黑暗的、模糊的視界，就這麼平貼著凌亂的地面延伸。

「喀喀。」

那是高跟鞋踩在地上的聲音。

「Other……worldly……Summon——」**（異界召喚）**

隨著某道不甚熟悉的女性聲線，斷斷續續的將無法理解的字句從我視界外的某處，傳進我已經無法思考的腦袋裡。

宛如一句話就改變了一切。

隨著音節結束的下個瞬間，出現了也許只是腦部缺氧產生的幻覺。

我那幾乎無法看清、漸漸被陰影所籠罩的視界中，竟發生著某種變化。

「真是弄得一塌糊塗呢，請兩位適可而止吧——」伴隨著話語響起的，是聲音主人踏著的愜意步伐。

原本凌亂並布滿碎石塵土的地面，竟有如吸上顏料的紙巾一般，被某種結晶體取代了材質與形貌。

猶如渲染著原本的地面樣貌，晶瑩剔透的礦物質感以及起伏不定的地面，被覆蓋在我視界中原本的平地上，雖然像冰，卻一點都不令人感到寒冷。

而透過殘存的、那不可信任的嗅覺，我聞到了有如花一般的清香。耳邊原本呼嘯的風聲，被聲音主人踩在水晶般的地面上響起的清脆回音取代了。

我無法確認我現在所身處的空間，我沒有那種餘力。

但我能感覺到，周遭環境變得異常的平靜，平靜的將我最後一縷意識帶走。

「那麼，這裡的事態接下來……」

帶些成熟女子特有的語氣，這個陌生的聲線說著我閉上眼時最後聽見的話語。

「就由我們『愚者領域（Fatuous Field）』接管了。」

◎◆◎◆◎◆◎

在還沒將眼皮張開前，屬於這個場所的特有氣味就飄進鼻腔，竄進我漸漸甦醒的意識

中。於是，將有些刺眼的光芒緩緩引進視界中，我張開了眼。

「……」

乾淨的天花板，整體感覺相當潔白的空間，以及明確表達所在地的氣味。

我現在正躺在某間醫院的某張病床上。

緩緩的從病床上坐起，我隨即感受到腹部傳來的隱隱痛楚。將視界往痛處移動，看見的是自己腹部上的包紮痕跡。

「你終於醒了，能圓君，你已經昏迷三天了呢。」

接著，女性的聲線從一旁的窗邊傳來，我隨即將視界移動過去。

穿著優雅的合身套裝並配戴著簡單配飾，整體打扮讓人想到成功的職場女性。那是個有著西洋臉孔並相當迷人的成熟女性，而且是一張似乎在哪裡見過的面孔。

「和能圓君的見面，這算是第二次見面了吧。」

帶著溫柔口吻，這位女性一邊說著，一邊緩緩朝我走近。

就這樣稍微看著她的面孔幾秒，我才想起了曾在哪裡見過她。

螢橋都市更新計畫的最大出資集團、「F機構」的代表人，同時也是東螢橋美術館的擁有人。

我曾在不久前的招待晚宴上見過這位席薇絲．文森特女士。

「看來你想起我了。」觀察著我的表情並帶著微笑說道，席薇絲小姐接著在我床邊的位子上坐了下來。

「那麼，還記得在你昏迷前發生了些什麼嗎？」

一邊聆聽著她的疑問，我一邊回憶著在自己失去意識前、那些存在於視界中的畫面：腹部受到重創的自己、消散在空氣中的鈴原、麻野芽與鐵破學姐劍拔弩張的對決、以及最後在視界中出現的異象……

「嗯，還記得……」一邊低聲回應，此刻的我正在意著在那之後麻野芽與鐵破學姐的情況。

不過，為什麼席薇絲小姐會在這裡？為什麼和整起事件毫無關聯的她要問我這些？

「現在的能圓君，應該在思考著我存在於這裡的理由吧。」彷彿看穿了我的想法，席薇絲小姐如此說道，「那麼請容我再次的真正自我介紹吧。」

帶著微笑，席薇絲說出了那個令我在意的、曾在昏迷前聽到的名詞——

「我是隸屬於『愚者領域（Fatuous Field）』的席薇絲．文森特。」

愚者領域（Fatuous Field）——那是什麼？

像是打算解開我的疑惑般，席薇絲小姐輕緩的從座位上起身。

「魔法師、術士，甚至是所謂的妖怪等等，關於那些『超自然』的現象及存在，想必能圓君已經親身體驗過一些了吧？」

「嗯……」

「那能圓君是否想過，明明過去的歷史中，世界各地都有著令人驚異的奇妙故事或傳說……那麼，為什麼這些確實存在於世界中的超自然，會在現在不為大眾所認知，而被稱為『傳說』呢？」

確實，這些日子以來，我沉浸在麻野芽與鐵破學姐為我顛覆的超常中。但卻從沒認真想過，在這之前，那些超常究竟是怎麼被淹沒在大眾所認知的日常之中。

「情報和資訊……被操作及掩蓋了嗎？」

「沒錯！因為我們從歷史中的某個時間點開始行動，在檯面下的世界存在了長久的光陰，並將活動範圍布及全球，目的就是為了掩蓋這些超自然不被檯面上的世界所認知。」

一邊說著，席薇絲小姐一邊拿起了病床旁桌面上的電視遙控器，接著朝向了另一端的電視機。

「為了將這些超常化為愚者（Fatuous）才會相信的幻想（Fatuous）。」

席薇絲小姐在說完的瞬間，打開了電視機。

「三天前在東螢橋施工中大樓發生的傷亡事件，警方正式宣布肇因是由於在施工危地舉行私人派對所釀成的爆炸意外，該派對的發起人、同時也是寺田建設在高砂代表人的寺田俊也，於今日被正式以公共危險罪起訴。對此事件寺田建設尚未發表任何回應，寺田俊也本人也於今日緊急返回江戶——」

我看著新聞節目滔滔不絕的敘述著關於這起事件的訊息……

鈴原、麻芽、鐵破學姐。

妖怪、魔法師、術士。

我了解了，事件的真相已經完全從現實中被抹去了。超常被日常的理由替換，超自然事件被改寫成大眾能夠接受的普通案件。

「這都是……你們做的嗎？」

「是的。老實說在修正目擊者記憶和篡改犧牲者死因的時候花了不少功夫呢。」席薇絲小姐用著一種這很平常的口吻回應，就像正在說著一件上班族的日常業務。

居然連修正記憶都做得到嗎？這麼想著的同時，我發現了更為重要的事情。

「所以，席薇絲小姐也要對目睹並知曉『超常』的我……修改記憶嗎？」我戰戰兢兢的開口，並在心中做好最壞的打算。

忘記了鈴原的事、忘記了鐵破學姐與麻野芽。

我將忘記至今為止的「超常」，重新回到被愚者們維持的「日常」中。

於是，隨著席薇絲小姐的微笑，答案揭曉了。

「原本應該這麼做的才對，但現在的情況有些微妙。」

「微……妙？」

「基於依附在能圓君身體裡的『那個』，現在的我們很難直接將你定義為超自然的另一側。」

那個……是指百目鬼吧。

「事實上，過去這種被妖怪附身的例子還是挺多的，這種時候，協助受害人脫離妖怪的寄宿也是我們的責任之一。」

「那……為什麼不對我這麼做？」

「關鍵就在於，無法將能圓君定義為『受害人』。」

「……！？」

「能圓君本身，似乎是自主的接受了『那個』、甚至為己所用吧？當然，這只是我們的判斷。」

說到這裡，席薇絲小姐暫時把話停下了，只是靜靜的觀察著我。

沒錯，我確實是自主的使用了百目鬼的力量。比起被百目鬼控制，不如說是我使用著百目鬼……

不過，愚者領域居然連這件事情都已經掌握了嗎？我就是「Lover」的這件事。

「放心，我們愚者領域的工作只是維持『正常的世界』，並不是執法機構，也不是像鐵破小姐家族那樣的極端者。」

似乎注意到了我的表情變化，席薇絲小姐帶著輕鬆口吻的說著。

「總之，在確定你本人的想法之前，我們是不會做出任何行動的。不過，有任何需要協助的地方，還是儘管聯絡我吧。」

接著，席薇絲小姐在我的床邊放下名片後，便走到病房門前，看起來準備要離開。

「啊，對了，關於那個少女……或者稱為『麻野芽Mano May』，我想我需要稍微提醒能圓君……」

關於——麻野芽？

「那女孩，可不只是普通的魔法師那麼簡單，像這樣在她身邊的日子，總有一天會迎來更大的危機。」

這個時候的我還不明白，這句話代表著什麼意義。

◎◆◎◆◎◆◎

自從與席薇絲小姐道別後，手機就響個不停。除了各合作企業例行性的慰問關心外，最多的就是關於這次事件造成影響的商談了。

畢竟，撇去施工中建築的損壞不談，這次的事件可是確確實實的造成了數人死亡，無論是在營運面或是形象面，都將對都市更新計畫造成影響。

不過，大部分的矛頭都指向俊也就是了。

雖然俊也確實是造成這次事件的主因，但因為愚者們的作為，他將從另一個意義上受到譴責，甚至必須面對法律——真是辛苦他了。

總之，俊也估計短時間內無法繼續營運都市更新計畫了，可想而知的是將來我的負責事項會變得更繁忙吧。

在手機終於稍微安靜下來後，坐在病床上的我，一邊聽著蕗亞流音的歌曲，一邊讓手指在平板電腦上不停滑動。最後，點擊了視界中螢幕上的發送按鍵，我將某些資訊寄給了某個大人物——以「Lover」的名義。

接著，隨著輕微的灼熱感與刺痛，一顆眼球就這麼從我的右手手臂內側冒了出來、鑲嵌在皮膚表面上。

是因為太輕鬆了嗎？還是類似抗藥性之類的機制？總之，這次在使用百目鬼後的「副作用」似乎不嚴重。

完成了某個人的期望後，我稍微伸了個懶腰，試圖鬆開久未活動的筋骨——這個時候，那個人的身影就這麼出現在被打開的門扉中。

提著探病用的伴手禮，那個人渾身不自在的樣子。

看著那張刻意壓抑著不知所措表情的臉孔，我有點訝異。

「你那是……什麼表情啊？」

「只是沒想到鐵破學姐會來探病──稍微有點吃驚。」

意外來訪的鐵破學姐踏著有點尷尬的步伐走了進來，並將伴手禮輕穩的放在我床邊。

然後，視界中的她，支支吾吾的、在那張嘴裡醞釀著話語──

「你、你的傷……還好吧？」一邊讓目光游移在我的腹部，鐵破學姐有些彆扭的如此說道。

「嗯，沒什麼大礙，醫生估計再不久就能出院了。」

「謝謝你了……那個時候。」接著，似乎故意不看著我才能好好道謝，鐵破學姐平常冷漠的臉孔似乎變得有些紅潤。

「嗯……」被這尷尬的氣氛感染，就連我自己也有些變得不知所措。

於是，空氣就這麼寧靜了幾秒。

最後，深吸了一口氣，鐵破學姐打破了沉默。

「為什麼要替我擋下那一擊呢？我明明是……想殺了你的人。」無法正視我的鐵破學姐，側著臉緩緩的問道。

「因為我……不想讓學姐從我的視界中消失。」

在我回答的瞬間，鐵破學姐的側臉爬滿了紅暈，接著乾脆將身子轉過去背對我。

雖然聽起來有點矯情，不過我是發自內心回答的。

將我從頹廢的空虛日常中拯救，將我拉進了超常的世界，無論是鐵破學姐或是麻野芽，我都不希望她們就這麼消失在我的視界中。

「吶、我說……」

「嗯？」

「經過了這次的事件，我冷靜的思考了許久，並試著努力在不愧鐵破之名的前提下稍微做出改變，所以……」

「所以？」

她稍微將話停下。從她的背影能夠看見深呼吸的起伏。

鐵破學姐醞釀著話語，然後——

「成為我的弟子吧？」

「咦——？」

鐵破學姐這突如其來的問句讓我一時間不知道該怎麼回答。

「在不違背鐵破家戒律的情況下，這是唯一能讓我不殺你的方法。」

原來如此，既不想殺我、又不想違背家族……這就是鐵破學姐得出的解答嗎？

回想著鐵破學姐那個時候的自我矛盾與掙扎，我能了解在她這份權衡結果的背後所下的決心與改變，那麼我也——

「那麼，就請多多指教了。」

「嗯……」

不知道是不是錯覺，這個時候鐵破學姐的聲線中似乎帶著一絲……是羞澀嗎？

如果可以的話，真想看看那張表情究竟是什麼樣子。

◎◆◎◆◎◆◎

關上了平板電腦螢幕上的視窗，我將視界往病房邊落地窗外的露臺移動，眺望著在那之後的城市景色。

時間不知不覺來到夜晚，在病房度過的時間實在是相當漫長。

在鐵破學姐離去之後，我利用上網打發時間，並試著搜尋了關於「愚者領域（Fatuous Field）」的資訊，不過卻一點發現也沒有，就像這個組織根本不存在一般，連這樣的字詞組合都沒出現過。

似乎印證了席薇絲小姐所說的，愚者們只存在於世界的檯面下。

在我思索著關於席薇絲小姐與愚者領域（Fatuous Field）的事情時，某個身影就這麼驟然的出現在落地窗後的露臺上……這裡可是五樓啊！

像是迫不及待的打開落地窗，進到病房裡來，那個傢伙看起來相當雀躍——搖曳著一頭金髮，麻野芽的笑容。

「你終於醒啦，阿伊人。」

「為什麼不好好的從門口走進來啊？」

「要是被愚者的傢伙們發現就麻煩了，我可是花了不少時間才甩掉他們吶。」

「愚者領域嗎……他們在監視妳？」

「畢竟之前和雨傘女鬧得太凶了嘛，我想雨傘女那邊也有人在看著吧。是說，既然知道這個名字，代表阿伊人見過他們了呢？」

「嗯，大概是下午的時候。」

一邊維持著和我的對話，麻野芽一邊打開了放在床邊的、鐵破學姐帶來的伴手禮仙貝，擅自吃了起來。

「我說妳……病人是我才對吧？」

「沒辦法，這幾天忙著應付愚者的傢伙，還要幫阿伊人看家，實在是太辛苦了嘛！」

「說到家……家裡恐怕又被妳弄得一場糊塗了吧？」

「我……我回去後立刻整理！」

「果然已經弄亂了嗎……」

雖然對麻野芽感到無奈，但是，我卻不討厭這樣的感覺。

「對了，在我昏倒之後……發生了什麼嗎？」

「那個啊，總之就是愚者的傢伙們闖了進來，然後制止了我和雨傘女，最後那個帶頭的……好像叫席薇絲吧？她還警告了我和雨傘女一番呢。」

「竟然能制止妳和鐵破學姐？那個席薇絲小姐……」

「別看那傢伙那樣，作為魔法師來說她可是很強的……應該說愚者的傢伙們都不簡單才對啦！所以才讓人感到麻煩啊！」

「席薇絲小姐也懂使用魔法嗎……原來如此。」

仔細想想，既然要處理超常事務，那麼由理解超常的人來執行也是理所當然的。

不過，能夠阻止麻野芽和鐵破學姐的人，到底會是什麼程度啊？關於這點我還是無法想像。

「咦咦？長出來了嗎！？」似乎發現了我手上的眼球，麻野芽有點興奮的緊抓著我的手不放。

「那個……比起我的傷勢，原來麻野芽比較在意的是眼球嗎……」看著麻野芽那雙祖母綠的眼睛宛如閃爍著光芒，我不禁有點無奈。

「誰叫你那時候要做那種耍帥的事嘛，而且還是為了雨傘女……真是笨蛋呢。」

「居然擺出這種鄙視的表情……看來真的覺得我是笨蛋呢。」

「所以說，這一切都是阿伊人自己活該。」數落著我，麻野芽一邊將仙貝塞進嘴裡。

不過——

「不過如果是麻野芽，我也會這麼做的哦。」

「……？」

「妳那是什麼表情……而且妳嘴裡塞滿食物的樣子好像松鼠。」

「唉……原來我在阿伊人心中的位置和雨傘女一樣啊。」

「喂！別帶著笑容說這種抱怨的話啦！」

「我笑是因為這個仙貝真的很好吃嘛……」

那個好吃的仙貝可是妳口中的雨傘女帶來的啊！

將嘴裡的食物吞下後，只見麻野芽自若的轉身並跨過落地窗，站到露臺去。接著，她將手趴在欄杆上倚靠著，將視線望向這片城市夜晚的景色，就這麼停留了幾秒。

夜晚的微風輕輕撫動她的金髮，最後，她那張白皙的臉龐，輕輕的轉向了我。

「不過我可不會忘記的哦，阿伊人剛剛說過的話。」

麻野芽的笑顏，就這麼隨著話語綻開。那雙明亮的大眼睛彷彿呼應著星光般清澈。

看著這樣的麻野芽，我不禁想起席薇絲對我說過的、關於麻野芽的話。

不過至少，至少現在的我——

「怎麼啦阿伊人，幹嘛掛著一臉蠢樣？難道後悔說過剛才的話了嗎——」

「沒有啦，只是忽然覺得很漂亮。」

「咦咦？我嗎？」

「不要隨便臉紅啦！我是說夜景。」

「你這傢伙——」

現在的我並不排斥為了麻野芽所帶來的一切，而去接受那份危險。

無論那將如何動搖著我的視界……

尾聲

暗躍的十字

在東螢橋的夜空下，那棟建築中的商業大樓因為某種原因，導致頂樓的部分毀壞得慘不忍睹。

四處殘留著的火苗冒著濃煙，建築底下停放著許多善後及搶救人員的車輛，那凌亂的燈火彷彿代替著天空不存在的星光閃爍。

宛如看著餘興節目般，三個身影就這麼佇立在對面建築的頂樓。

他們穿著幾乎融入夜色的黑色裝束，裝飾著胸口的純銀十字紋章看起來嚴肅且莊重，卻又和一般常見的十字架有些不同。

「看來那孩子不管到哪，總是能把現場弄得一塌糊塗呢，要找她還真不難呢！」將雙手相疊墊在後腦杓，其中一名外表看起來就像十歲左右的男童這麼說道，他身上的黑色裝束穿得難以用整齊形容。

而即使語氣既調皮又輕率，卻總能讓人感到一股與年齡不符的氣息……

啊——那是因為他叼在嘴裡的不是棒棒糖，而是冒著熏香氣息的雪茄吧。

「是啊，我們都是神親愛的家人，是不可能這麼容易失散的哦，好開心哦。」將全身連同脖子在黑色裝束下包得緊緊的少女，一邊說著想表達開心的話語，但那張清秀的臉龐上卻全是與喜悅相反的表情。

「不過擅自離家的懲罰還是要讓她好好接受呢……好難過哦。」在她這麼說的同時，喜悅卻忽然綻開了。

站在少女與男童的身後，同樣穿著黑色裝束的男人將手抱在胸前靜靜眺望著。宛如穿著那套衣服的標準範例般，男人高大挺拔的身影給人可靠及充滿威嚴的感覺，散布在臉部輪廓上的鬍渣，則默默道出了在這男人身上經歷過的滄桑。

他沒有說話，只是默默的看了許久。

不久後，男人緩緩轉身，往頂樓邊緣的圍欄走去，最後站了上去。

「走吧。」

淡淡的留下了簡短的字句，男人就這麼跳了下去。

「等等、等等人家嘛——」跟著轉身後便踏著凌亂的步伐，少女隨著男人躍下的方向而去，一邊輕聲的嚷嚷。

「走嘍走嘍走嘍……唉，這一趟遠門要辦的事可真多呢，不過這一切都是為了神嘛，因為——」男童用抱怨的口氣喃喃自語。

走在最後的男童，在轉身前看了最後一眼對面大樓的慘劇。

「因為我們是背負著『聖跡』的騎士吻。」

在螢橋不安寧的夜空下。

由那個少女帶來的巨大漣漪。
正在緩緩掀起。

《眼球戰車　幻瞳與百目鬼》全文完

後記

各位好，我是KILO，一路看到這裡辛苦了。

首先，必須感謝此時此刻手中拿著這本書的各位，在此請先接受在下十二萬分由衷的謝意。那麼，就容在下在這裡說說關於這個故事、這本書的事情吧。

其實在《紅蓮梨花　大神的潛入者》之後，在下本來想接著完成的並不是這個故事，在那個時候，這個故事別說架構了，就連主要環繞的元素都沒有。

那麼，又是什麼原因導致了這個故事的出現呢？這對在下來說也是件很奇妙的經歷呢。

網路上常有些所謂的巴斯神算那種「輸入姓名測驗」吧？相信大家多多少少都玩過。那天在下便是隨意的在網路中悠遊時，隨手玩了幾個那種測驗，一切就是從這開始的。

那天在下所玩的測驗與結果分別是這三種：

1、輸入姓名測驗你的稱號　眼球戰車
2、輸入姓名測驗你是哪種妖怪　百百目鬼
3、輸入姓名測驗你是哪種日本神祇　天目一箇

發現了嗎？發現有趣的地方了嗎？

居然全部都跟眼睛有關啊！

發現了這個事實的在下，當場彷彿受到天啟一般（？），於是腦袋中各種莫名其妙的想法便接連而生，這就是《眼球戰車　幻瞳與百目鬼》這個故事誕生的原因，說起來還真是隨便啊（？）……

這次的故事，主要的主題是「魔法X術式」以及「駭客＋妖怪」。

能夠在這個故事中，稍微解釋高砂世界觀中的魔法與術式系統，這是讓在下相當開心的事情之一。而能夠嘗試去將駭客入侵的過程，寫成在網路世界的戰鬥過程，這個經驗對在下來說也是相當感到滿足的。

另外，退魔三家中的鐵破也很剛好的與九瑞君的「白翼飛翔」有著些許呼應，如果能夠因此讓大家在不同的故事中將高砂世界的更多面貌拚湊起來，那就太好了。

話說回來，在看完這個故事的現在，各位恐怕還是有些一頭霧水，總感覺這故事到這裡還不應該結束才對吧？

事實上，這本書在眼球戰車這個系列中，扮演的正是起與承的角色，如果這個故事真的能夠發揮它「讓各位想繼續知道後面會發生的事」這樣的效果，那就再好不過了。

那麼，看著這個故事的各位，請再次接受在下由衷的獻上十二萬分謝意！

KILO　二〇一六年六月

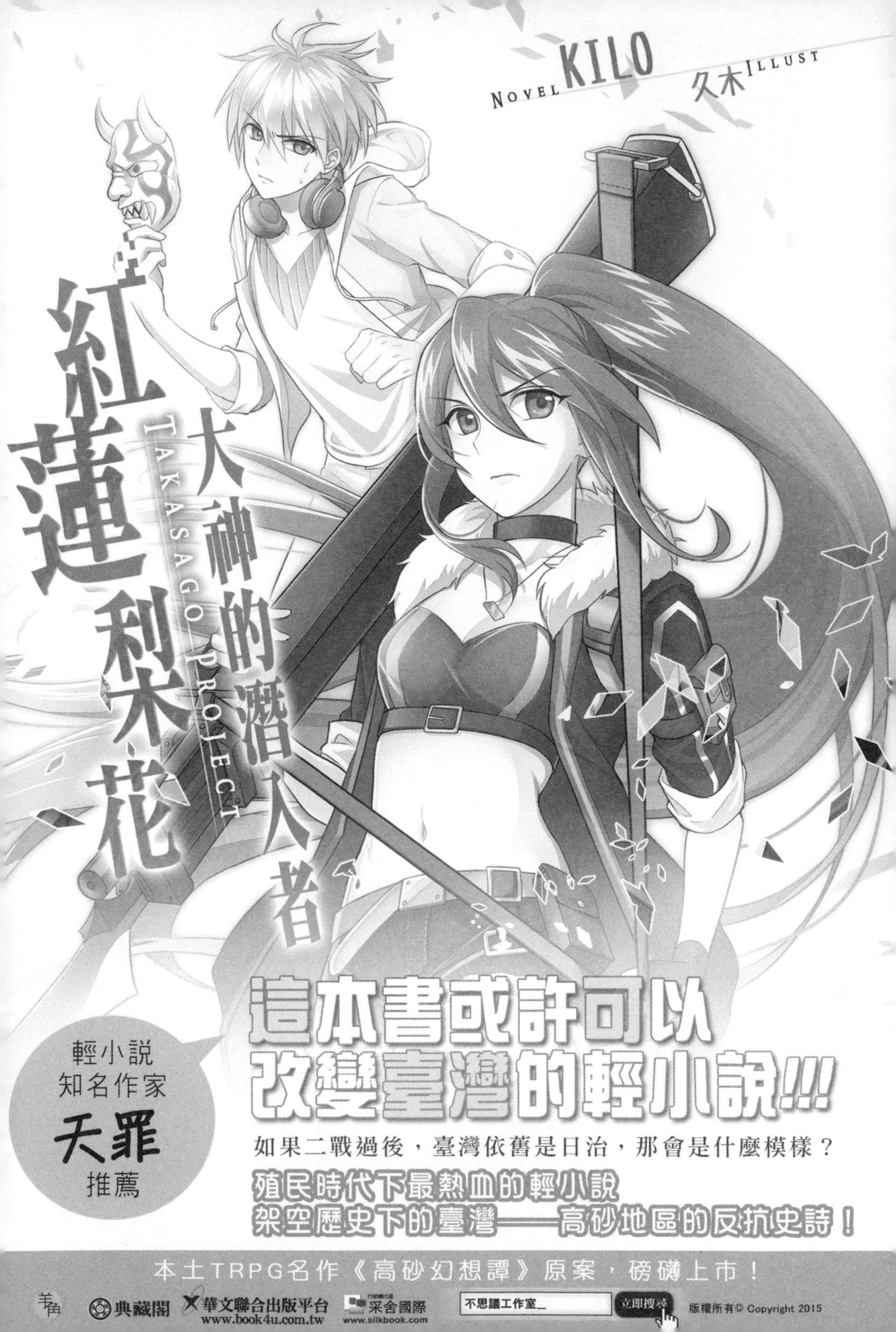

NOVEL KILO
久木 ILLUST
紅蓮梨花
大神的潛入者
TAKASAGO PROJECT
輕小說
知名作家
天罪
推薦
這本書或許可以
改變臺灣的輕小說!!!
如果二戰過後，臺灣依舊是日治，那會是什麼模樣？
殖民時代下最熱血的輕小說
架空歷史下的臺灣——高砂地區的反抗史詩！
本土TRPG名作《高砂幻想譚》原案，磅礡上市！
羊角
典藏閣
華文聯合出版平台
www.book4u.com.tw
采舍國際
www.silkbook.com
不思議工作室_
立即搜尋
版權所有© Copyright 2015

陳詞懶調×PieroRabu
回到過去
BACK TO THE PAST
TO BECOME A CAT NO.6
變成貓
怒氣爆發的家貓VS.
囂張狂野的小偷貓
夜晚的喵喵對決就此展開！
首刷附贈精美明信片，以及萌翻天小動物擬人
典藏閣
華文聯合出版平台
www.book4u.com.tw
采舍國際
www.silkbook.com
不思議工作室_
立即搜尋
版權所有© Copyright 201

戰鬥吧
校園戰爭本部
萊茵@千人
歐歐MIN
輕小說史上最不可思議的男主角——
極惡變態鬼畜捆綁PLAY
蘿莉控淫棍破壞魔王，登上!!
給我
等一下！
我只是一個
普通的
男高中生啊啊啊…！
Σ(ﾟДﾟ;
全套三集。全國各大書店、租書店、網路書店持續熱賣中！
典藏閣
華文聯合出版平台
www.book4u.com.tw
采舍國際
www.silkbook.com
不思議工作室_
立即搜尋
版權所有© Copyright 2016

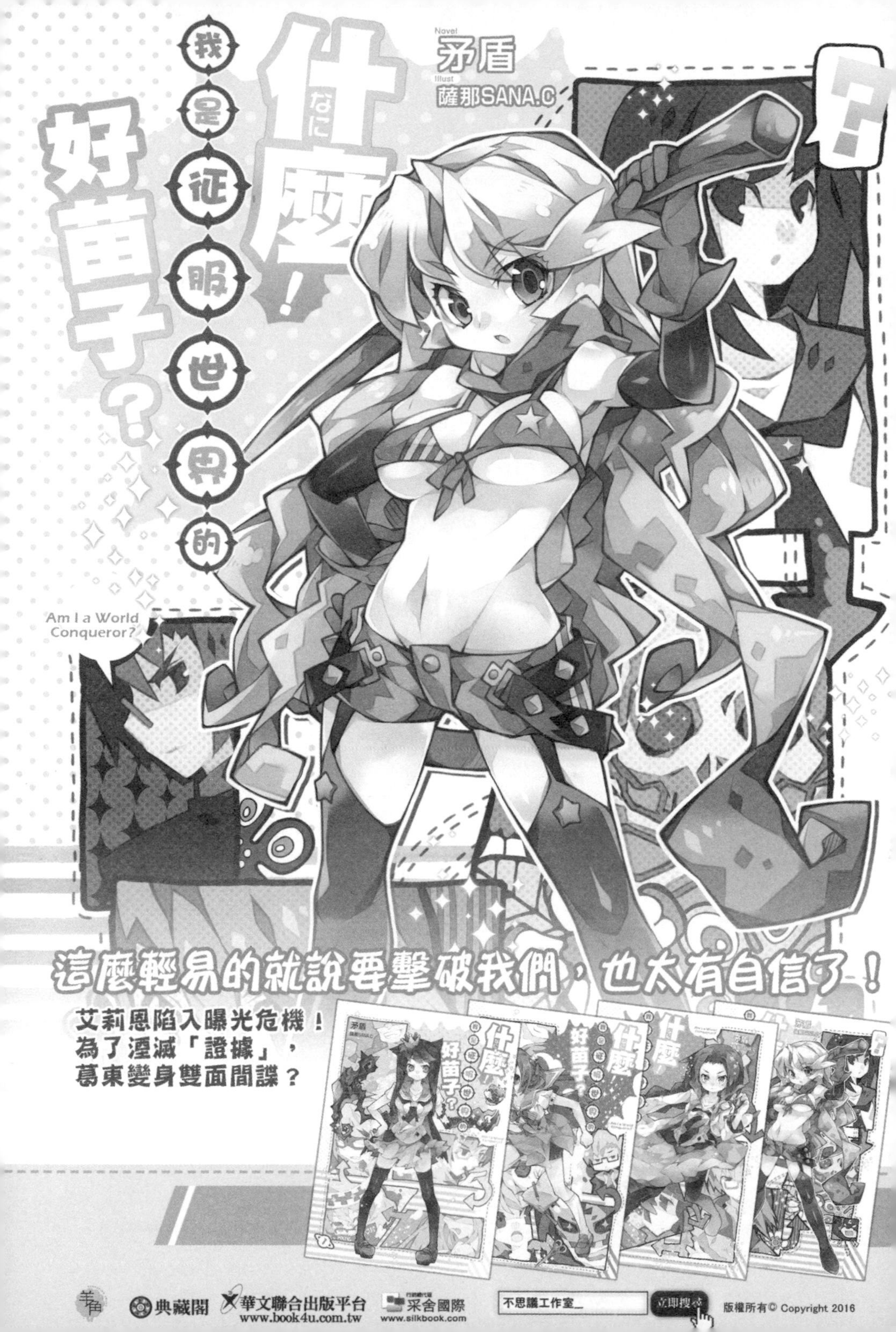
我是征服世界的好苗子？
什麼（なに）！？
Novel
矛盾
Illust
薩那SANA.C
Am I a World Conqueror?
這麼輕易的就說要擊破我們，也太有自信了！
艾莉恩陷入曝光危機！
為了湮滅「證據」，
葛東變身雙面間諜？
典藏閣
華文聯合出版平台
www.book4u.com.tw
采舍國際
www.silkbook.com
不思議工作室
立即搜尋
版權所有© Copyright 2016

羊角系列027

眼球戰車　幻瞳與百目鬼

出版者■典藏閣
作　者■KILO　　繪　者■薩那 SANA.C
總編輯■歐綾纖
封面設計■Snow Vega
製作團隊■不思議工作室
郵撥帳號■50017206 采舍國際有限公司（郵撥購買，請另付一成郵資）
台灣出版中心■新北市中和區中山路2段366巷10號10樓
電　話■(02) 2248-7896　傳　真■(02) 2248-7758
物流中心■新北市中和區中山路2段366巷10號3樓
電　話■(02) 8245-8786　傳　真■(02) 8245-8718
ISBN■978-986-271-699-1
出版日期■2016年8月

全球華文國際市場總代理／采舍國際
地　址■新北市中和區中山路2段366巷10號3樓
電　話■(02) 8245-8786　傳　真■(02) 8245-8718

新絲路網路書店
地　址■新北市中和區中山路2段366巷10號10樓
網　址■www.silkbook.com
電　話■(02) 8245-9896
傳　真■(02) 8245-8819

線上總代理：全球華文聯合出版平台
主題討論區：http://www.silkbook.com/bookclub　◎新絲路讀書會
紙本書平台：http://www.silkbook.com　◎新絲路網路書店
瀏覽電子書：http://www.book4u.com.tw　◎華文電子書中心
電子書下載：http://www.book4u.com.tw　◎電子書中心（Acrobat Reader）

☞您在什麼地方購買本書？☜

1. 便利商店（＿＿＿＿市／縣）：☐7-11　☐全家　☐萊爾富　☐其他＿＿＿＿

2. 網路書店：☐新絲路　☐博客來　☐金石堂　☐其他＿＿＿＿

3. 書店（＿＿＿＿市／縣）：☐金石堂　☐蛙蛙書店　☐安利美特animate　☐其他＿＿

姓名：＿＿＿＿地址：＿＿＿＿＿＿＿＿

聯絡電話：＿＿＿＿＿　電子郵箱：＿＿＿＿＿＿＿＿

您的性別：☐男　☐女　　您的生日：西元＿＿＿年＿＿＿月＿＿＿日

（請務必填妥基本資料，以利贈品寄送）

您的職業：☐上班族　☐學生　☐服務業　☐軍警公教　☐資訊業　☐娛樂相關產業

☐自由業　☐其他＿＿＿＿

您的學歷：☐高中（含高中以下）　☐專科、大學　☐研究所以上

☞購買前☜

您從何處得知本書：☐逛書店　☐網路廣告（網站：＿＿＿＿＿）　☐親友介紹

（可複選）　☐出版書訊　☐銷售人員推薦　☐其他＿＿＿＿

本書吸引您的原因：☐書名很好　☐封面精美　☐書腰文字　☐封底文字　☐欣賞作家

（可複選）　☐喜歡畫家　☐價格合理　☐題材有趣　☐廣告印象深刻

☐其他＿＿＿＿

☞購買後☜

您滿意的部份：☐書名　☐封面　☐故事內容　☐版面編排　☐價格　☐贈品

（可複選）　☐其他

不滿意的部份：☐書名　☐封面　☐故事內容　☐版面編排　☐價格　☐贈品

（可複選）　☐其他

您對本書以及典藏閣的建議＿＿＿＿＿＿＿＿

＿＿＿＿＿＿＿＿＿＿＿＿

＿＿＿＿＿＿＿＿＿＿＿＿

✌未來您是否願意收到相關書訊？☐是　☐否

感謝您寶貴的意見

印刷品

$3.5

請貼
3.5元
郵票

235 新北市中和區中山路二段366巷10號10樓

華文網出版集團　收

（典藏閣－不思議工作室）

TAKASAGO PROJECT

眼球戰車

幻瞳與百目鬼